AF192021

Wilfried Herold

Fluchtpunkt

Kurzgeschichten

© 2024 Wilfried Herold

Verlag: BoD · Books on Demand GmbH, In de Tarpen 42,
22848 Norderstedt
Druck: Libri Plureos GmbH, Friedensallee 273,
22763 Hamburg
ISBN: 978-3-7693-0226-4

Inhalt

Ellas Vermächtnis

Sie wusste schon im Vorhinein, wie sie ihn vorfinden würde. Mit größter Sicherheit war vorauszusehen, dass er in seinem kleinen, mit Büchern vollgestopften Arbeitszimmer saß, über Laptop und Schreibtisch gebeugt, eine Tasse Tee und zum Glück nicht mehr die schwelende Zigarette neben sich, die er nach ein paar Zügen regelmäßig vergessen hatte. Die Küche würde zwar nicht muffeln, aber das benutzte Geschirr würde dastehen, vorläufig abgespült, dann aber unsichtbar geworden für ihn, so dass es seinen Weg in die Spülmaschine nicht gefunden hatte. Was er sich kochte, war ihr nicht klar, wahrscheinlich Fertiggerichte, für die er nur wenig Zeit und Aufmerksamkeit aufzubringen brauchte.

Schon früher war es immer Lorena gewesen, die gekocht hatte, während Tilo sich immerhin für das Einräumen und Ausräumen der Spülmaschine verantwortlich gefühlt hatte, mit der Betonung auf ‚gefühlt'. Denn oft genug hatte er vergessen, die Maschine anzuschalten; oder er hatte es versäumt, sie wieder zu leeren. Wahrscheinlich ist auch das Wohnzimmer aufzuräumen, dachte Esther, zu saugen, zu entstauben. Wenn sie das Schlafzimmer betrat, bot sich ihr auch meist dasselbe Bild: das große Doppelbett so durchwühlt, als hätte er eine wilde Nacht mit einer Schönen verbracht. Wenn sie ihn danach fragte, konnte er nur verlegen antworten, er könne, seit Lorena ihn verlassen habe, keine Nacht mehr ohne Unterbrechungen schlafen und müsse sich hin und her wälzen, es gehe nicht anders.

Es war natürlich richtig: Seit Lorena ein halbes Jahr zuvor Tilo und das Haus verlassen hatte, war für ihn das Leben ein vollkommen anderes geworden. Sie hatte die kleine Familie immer zusammengehalten, so dass Tilo seine Schriftstellerei, von Alltagssorgen unbelastet, sorgenlos durchführen konnte.

Er war nicht besonders erfolgreich, das wusste er selbst und Esther wusste es auch. Aber sein Selbstbewusstsein litt nicht unter dem mangelnden Erfolg. Im vergangenen Jahr war sie nur selten zu Besuch gewesen, ihr Studium der Journalistik ließ ihr zu wenig Zeit, sie wollte es so schnell wie möglich abschließen.

Er saß tatsächlich da, sinnend, schreibend, mit einem Glas Wein, und war überrascht, dass sie plötzlich in der Wohnung stand. „Wir hatten doch ausgemacht, dass ich übers Wochenende bei dir bin, Papa." Sie schaute sich um. „Mach du mal weiter, ich koche was fürs Abendessen, dann können wir plaudern."

Während die selbstgemachte Pizza im Herd gebacken wurde, wanderte sie durch die Wohnung und schaute kurz in die Zimmer, die genauso aussahen, wie sie es sich vorgestellt hatte. Es war kein Chaos, sondern nur eine gewisse Ungepflegtheit zu bemerken. Das kannte sie von früher, wenn Lorena für ein paar Tage auf Geschäftsreise gewesen war. Schon als Kind hatte sie bemerkt, wie ungeschickt sich ihr Vater anstellte, wenn es darum ging, die Wohnung in Ordnung zu halten.

***

„Es hat vorzüglich geschmeckt, Esther, lieben Dank fürs Kochen!" „Freut mich, Papa, koch du dir doch auch öfter mal was! Ist nicht so schwer!" Er blickte sie verlegen an, so dass sie das Thema wechselte: „Woran schreibst du gerade?" Sie hatten es sich im Wohnzimmer auf Sofa und Sessel bequem gemacht und den Wein geöffnet, den sie mitgebracht hatte. Tilo wollte eben zu erzählen beginnen, als er innehielt und die Augen schloss. „Mir fällt gerade etwas ein, worum ich dich bitten wollte." Er stand auf, holte einen großen Stapel loser Papiere und Dokumente aus seinem Arbeitszimmer und stellte den wackeligen Turm vorsichtig auf den Boden.

Auf Esthers fragenden Blick hin erwiderte er: „Schau, das sind alles angefangene Texte von mir und irgendwelche anderen Materialien, die ich schon längst wegwerfen wollte." Jetzt setzte er sich wieder hin und fuhr fort: „Wenn du willst, schau sie dir durch, es sind, glaube ich, auch alte Briefe dabei." Er grinste: „Damals, vor Urzeiten, schrieb man ja noch so etwas. Also: Wenn dich etwas interessiert, lies es; alles andere gehört zum Altpapier." „Alte Briefe interessieren mich durchaus", antwortete Esther, „aber ich glaube, das hebe ich mir für morgen auf. Lies mir doch einfach ein bisschen was aus deinem Roman vor, den du gerade schreibst."

***

Am späten Vormittag des folgenden Tages begann Esther, ein Papier oder Dokument nach dem anderen durchzuschauen, wobei sie zuerst alles aussortierte, was ihr uninteressant erschien. Ein kleiner Stapel blieb übrig, bei dem zuoberst ein großes geöffnetes Kuvert lag, aus dem eine Fotografie herausschaute. Es war das Foto einer Frau von vielleicht dreißig Jahren, die selbstbewusst in die Kamera lächelte. Sie trug langes blondes Haar und es schien, als sei das Foto im Freien aufgenommen worden, denn die Haare wehten ihr um den Kopf, was der Aufnahme große Lebendigkeit verlieh.

Esther fühlte, dass sich im Kuvert Papiere befanden, die sie herausnahm und zu lesen begann. Nach den ersten Absätzen stand sie auf und trat neben ihren Vater, der gerade sinnend an seinem Schreibtisch saß, den Kopf in die Hände gestützt.

„Hast du das geschrieben?", fragte sie und hielt ihm die Blätter hin.

„Das war auch dabei? Ich dachte, es gibt diese Seiten gar nicht mehr." Er schaute zu seiner Tochter auf. „Vielleicht solltest du sie wirklich lesen, es ist eine alte Geschichte, die uns alle damals, du warst da noch nicht geboren, sehr mitgenommen hat." Esther zeigte ihm das Frauenfoto. „Geht es um diese Frau da? Wer ist das, jemand aus der Familie?" Tilo lächelte versonnen und erwiderte: „Lies es dir durch, danach können wir reden."

Der handschriftliche Text begann unvermittelt, ohne eine Überschrift aufzuweisen.

**

Es war in dem Augenblick, als der Sarg in die Verbrennungskammer geschoben wurde und der Song begann. Man konnte schon die lodernden Flammen sehen, die Sekunden später den Sarg erfassen würden, als, zu aller Überraschung, Frank Sinatras Stimme erklang. Ja, sie hatte es immer auf ihre Weise getan, ihr Leben geführt, ihre Ehe, ihre Tochter aufgezogen. Und sie war, trotz ihrer offenen, ja offenherzigen Art, doch ein Fremdling geblieben in dieser Familie, die zwar keinen Adelstitel trug, aber als die Dynastie der Sonnenbergs überregionale Bekanntschaft und Bedeutung besaß.

Noch immer singt Sinatra und ich sehe aus den Augenwinkeln, wie sich meine Mutter, mein Vater und andere Verwandte mit wortreichen Blicken verständigen. Ja, sie war etwas Besonderes gewesen, nicht nur ihrer äußeren Erscheinung nach.

Meine früheste Erinnerung lässt Ella wie einen Sturmwind auftreten. Ich kann es noch immer fühlen, wie sie mich, den Dreijährigen, hochhebt und herumwirbelt. Mein Erstaunen und die Freude sind gleich groß und mein Jubeln wird zu einem erschrockenen Juchzen. Da hält sie mich vor sich, schaut mich an und sagt: „Ich bin Ella, deine Großmama. Vergiss es nie!"

In der Tat, diese Szene, diesen Satz habe ich nie vergessen, ebenso wenig wie die gar nicht so häufigen Treffen mit ihr. Damals wie zuletzt wohnte sie in Hamburg und der Weg dorthin von Nürnberg, wohin ich zum Studium zog, war zu weit, um sie mehrmals im Jahr zu besuchen. Für sie war es selbstverständlich, dass man sie aufsuchte.

Ihre ganze Erscheinung war skandinavischer Norden: ihr blondes langes Haar, das im Alter immer heller wurde, ihre große, schlanke Gestalt, ihre rasch sich sommerlich-braun färbende Haut, die melodiöse Sprache der geborenen Schwedin, die ihre Heimat mindestens jedes Vierteljahr einmal besuchen musste, um es in Deutschland auszuhalten.

Im Nachhinein wunderte es alle, dass mein Großvater diese selbstbewusste, fast schon charismatisch erscheinende Frau hatte erobern können. Er war ein gutaussehender Mann gewesen, der es mit Handelsgeschäften zu nicht unbedeutendem Wohlstand gebracht hatte. Seine Liebe für die nordischen Länder, sein fast akzentfreies Schwedisch und seine Segelkünste waren es, die Ella letztlich wohl überzeugten. Viktor hatte sie auf einer Fähre in Stockholm kennengelernt, als sie beim Verlassen des Schiffes strauchelte und fast ins Wasser gefallen wäre. Mit einem reaktionsschnellen Griff hatte er sie gepackt und auf dem Landungssteg gehalten.

Es muss diese wahrlich zupackende Art gewesen sein, die ihr imponierte, wobei sie später, wenn sie diese Geschichte erzählte, nie zu erwähnen vergaß, dass sie damals einen gehörigen blauen Fleck am Arm davontrug. In ihrer temperamentvollen Art erzählte sie dieses, ihr Leben so entscheidend bestimmende Ereignis so lebendig und eindrucksvoll, dass auch alle Wiederholungen bei den Zuhörenden nie das Gefühl von Langeweile aufkommen ließen. Viktor indes hörte stets mit größtem Vergnügen zu, als vernehme er ihre Erzählung zum ersten Mal, und lachte immer am lautesten von allen.

Ja, es war ihr Weg, der jetzt verklungen ist. Jetzt stehen alle auf, manche schlendern hinaus, Linnea, ihre Schwester, unterhält sich mit meinen Eltern. Sie sieht zwar rein äußerlich Ella ähnlich, wobei sie deutlich kleiner ist; aber ihre eher zurückhaltende Art, die leise Stimme, das häufige zaghafte Lächeln unterscheidet sie beträchtlich von ihrer älteren Schwester.

„Du kommst doch mit nach Hause, Tilo; es ist nur die engere Familie, die sich jetzt noch beim Essen trifft, bevor alle wieder auseinanderstreben. Maria kann dich und Linnea, die bestimmt schon müde ist, im Auto mitnehmen. Ihr könnt sogar vorfahren, wenn ihr wollt. Torsten und ich werden noch die Kondolenz entgegennehmen, du siehst ja, Ella hatte zahlreiche Bekannte und Verehrer."

Meine Mutter weist überflüssiger Weise auf die lange Reihe der Kondolierenden hin. Ich kann ihr nur stumm zustimmen und gehe Linnea entgegen, die nichts weniger als erschöpft erscheint. Sie hakt sich gleich unter und ist erstaunlich fröhlich. „Keine Trauer um dein Schwesterlein?", frage ich. Sie runzelt die Stirn, denkt kurz nach und erwidert: „Weißt du, Tilo, wenn ich mir vorstelle, dass bei meiner Beerdigung alle mit künstlicher, meinetwegen auch echter Trauermiene herumgehen, graust es mich. Man fühlt sich einfach besser, wenn man lächelt. Und", sie bleibt stehen und sieht mich mit ihren immer noch so schönen blauen Augen an, „Ella wird jetzt herunterschauen und denken: Ihr könnt mich alle mal, mir geht es gut wie lange nicht mehr."

Sie nickt bestätigend und wir setzen unseren Weg fort. Mit dem langen Mantel und ihrem schwarzen Hut, von dem ein Schleier vor ihrem Gesicht herabhängt, ist sie etwas aus der Zeit gefallen, aber beides steht ihr. Jetzt lacht sie leise: „Sie wollten mich wohl loswerden, aber das ist mir nur recht. Trauermienen vertrage ich überhaupt nicht."

Im Wagen frage ich Linnea, die ich lange nicht gesehen habe, wie es ihr geht. „Das kannst du dir doch denken. Jetzt, wo Ella tot ist, lebe ich allein in dem großen Haus. Du erinnerst dich: Nach dem Tod von Axel zog ich zu Ella, die ja schon Jahre zuvor Witwe geworden war. Es war ein bisschen so wie früher, als wir noch Kinder und Jugendliche waren: Ella spielte ihr Dominanz aus, die sie wahrscheinlich von Geburt an ins Leben mitgebracht hatte. Nicht unangenehm, aber eben nicht zu übersehen. Ich weiß nicht, ob sie mich je wirklich ernst genommen hat." Linnea grinst mich an und ich weiß, es hat ihr nichts ausgemacht, früher nicht und in jüngster Vergangenheit auch nicht. „Du hast dein Selbstbewusstsein ihr gegenüber nicht verloren, nicht wahr?", frage ich.

Sie schüttelt den Kopf: „Aber nein! Es waren Rollen, die wir von frühester Kindheit an gewohnt waren und die wir im Wissen spielten, dass die andere sie völlig durchschaute.

Aber, du musst wissen, es gab auch Zeiten, wo sogar Ella nicht ganz auf der Höhe war, kurz nach dem Tod von Viktor zum Beispiel. Sie waren schließlich knapp vierzig Jahre verheiratet gewesen, als er diesen Unfall hatte. Und da hat sie sich doch tatsächlich einmal bei mir ausgeweint."

Jetzt schließt Linnea die Augen und ich merke, sie ist doch müde. Wir fahren nicht zu ihr nach Hause, sondern zu meinen Eltern, wo sich alle wieder treffen sollen. Als wir angelangt sind, geht Maria, die Köchin, in die Küche und bereitet das Essen vor. Linnea führe ich in eines der Gästezimmer, wo sie sich ausruhen kann. In der Bibliothek wird ein bequemer Sessel zu finden sein, in dem ich das Kommen der anderen abwarten kann.

***

Seit unserer ersten Begegnung, ich drei Jahre, sie irgendwo in den Vierzigern, mochten wir uns. Zwar sahen wir uns meist nur bei irgendwelchen Familienfeiern, wo wir uns gerne mal in einen Winkel oder ins Freie verzogen, rauchten und über die Verwandtschaft lästerten. Doch immer wieder einmal verbrachte ich ein Wochenende bei Ella, auch zu Viktors Lebzeiten. Er hielt sich immer im Hintergrund, wenn ich da war, und genoss es wahrscheinlich auch, zeitweise von seiner anspruchsvollen Ehefrau, die er gleichwohl über alles schätzte und verehrte, entlastet zu sein.

„Viktor trägt mich auf Händen, musst du wissen, er ist wirklich lieb, äußerst lieb. Aber manches lässt sich mit ihm einfach nicht besprechen, manches auch nicht mit ihm unternehmen. Da brauche ich dich ganz einfach, ich hoffe, du bist mir deshalb nicht böse." Ella lächelte mich auf ihre unnachahmliche Weise an, so dass kein Einwand möglich war.

Ja, und dann konnte es sein, dass wir irgendwelche Jazzkneipen aufsuchten, ins Kino gingen, um einen Western oder Science-Fiction Filme anzuschauen, oder wir tanzten ganze Abende durch. Lange Zeit sah Ella noch so gut aus, dass sie für meine Partnerin gehalten wurde, zwar älter, aber durchaus nicht zu alt für mich, der ich doch gut vierzig Jahre jünger war. Und später, als der eklatante Altersunterschied nicht mehr zu leugnen war, machte es weder ihr noch mir etwas aus, wenn wir mit erstaunten Blicken gemustert wurden.

Vor allem beim Tanzen war Ellas romantische Seite zu erleben. Sie konnte im Blues schwelgen, beim Walzer träumen und alle Welt um sie herum vergessen, so dass ich mir oft genug das Schmunzeln verbeißen musste. Andererseits zeigte sie im Kino unüberhörbares Temperament und scheute sich nicht, lautstark Kommentare von sich zu geben, die nicht nur einmal zu Protesten anderer Besucher führten. Ella schaute mich dann nur erstaunt an, zuckte die Achseln und ich konnte nicht verhindern, dass sie einige Zeit später wieder nicht nur für mich zu hören war. Einmal wurden wir sogar aus dem Kino rausgeworfen, was sie mit einem schallenden Gelächter quittierte.

„Was ist mit Theater oder Oper?", fragte ich sie einmal, „warum nicht dorthin? Oder in ein Museum?" „Aber Tilo, das wirst du dir doch denken können", erwiderte sie nonchalant, „dafür ist doch Viktor da; schließlich besitzt er einen Abendanzug, sogar einen Smoking hat er." Aha, dachte ich mir, die Dame legt Wert auf Eleganz, die ich in diesem Ausmaß als Student natürlich nicht zu bieten hatte. Ich hätte es wissen müssen.

***

Es wird geräuschvoll im Haus, offenbar sind die nächsten vom Friedhof zurück. Auch Margarita, ich höre ihre Stimme, habe ich schon lange nicht mehr gesehen. Es muss Monate her sein, vielleicht hatte ich damals Ella zum letzten Mal besucht. Meine kleine Schwester, das war Margarita; sie hatte mit ihrem grenzenlosen Ehrgeiz immer versucht, mich bei Ella auszustechen. Warum ihr das nicht gelang, ist mir eigentlich auch jetzt noch nicht klar, denn sowohl vom Äußeren her – sie ist groß und blond wie ihre Großmutter -, als auch was das Auftreten betrifft, ähnelt sie Ella sehr. Vielleicht sind es einfach dieser penetrante Ehrgeiz und später das Ärzte-gehabe gewesen, was Ella nicht ausstehen konnte. Wahrscheinlich dachte sie, dass die ärztlich-akademische Hochnäsigkeit von Margaritas Persönlichkeit nicht gedeckt war. Das könnte es gewesen sein.

„Hier bist du also, Tilo? Ich hatte dich fast schon vermisst, bis Martha mir sagte, dass du mit Linnea vorausgefahren bist." Sie schaut sich um. „Ich weiß schon nicht mehr, wo die Hausbar untergebracht ist. David, willst du auch etwas trinken?" Sie blickt ihren Mann, dann mich fragend an. Ich nicke und gehe zum Eckschränkchen, wo die harten Getränke aufbewahrt sind und auch die Gläser dazu in Reih und Glied auf ihren Gebrauch warten. Wortlos fülle ich sie und gebe sie Margarita und David weiter. Dann schenke ich mir selbst etwas ein. „Auf Ella und ihre jenseitige Zukunft", sage ich und wir prosten uns zu. „Du warst ja immer ihr Liebling, Tilo, jetzt darfst du für sie beten, nicht wahr?"

Sie sagt es in einem spöttischen Ton, den David völlig ignoriert, während er noch einmal einen Schluck nimmt. „Du wärst es gerne gewesen, ihr Liebling, meine ich. Warum bist du's nicht geworden, du hast dir doch jahrelang alle Mühe dazu gegeben."

Jetzt verdüstert sich Margaritas Miene und sie meint nach kurzem Besinnen: „Vielleicht war ich ihr zu ähnlich und sie wollte mich deshalb nicht so herzen und küssen wie dich. Man hätte ja meinen können, du warst ihr Lover, so habt ihr euch benommen." David grinst und wartet auf meine Erwiderung. „Äußerlich warst du ihr – zeitweise – ähnlich, das stimmt; aber ihre Klasse hast du nie erreicht, wie sehr du dich auch bemüht hast."

Margarita zieht die Augenbrauen hoch, David scheint mit meiner Antwort nicht unzufrieden, aber mit einem Blick auf seine Frau sagt er: „Wenn du nicht Klasse hättest, hätte ich dich nicht geheiratet." Er will sie küssen, aber sie muss noch etwas sagen: „Ich bin sicher, Ella hatte zwar nicht dich, aber sonst irgendwelche Männer als Liebhaber. Viktor war ihr doch irgendwann bestimmt viel zu brav. Abenteuerlustig war sie, das kannst du nicht leugnen. Und geprahlt hat sie sogar damit. Das nennst du ‚Klasse'?!"

„Margarita, sie hat von ihren Extravaganzen, von kuriosen Erlebnissen erzählt, wobei sie sich selbst nicht ernst genommen hat. Das war reine Ironie, die du wohl nicht verstanden hast." Jetzt wendet sich David kopfschüttelnd ab und geht zum Fenster, um den weitläufigen Garten draußen zu besichtigen. „Aber lass uns jetzt mit dem Geplänkel aufhören, Margarita. Wir haben uns lange nicht gesehen und ich möchte wirklich gerne und ehrlich wissen, wie es dir geht. Du hast doch deine Ausbildung mittlerweile abgeschlossen, nicht wahr?"

Ich habe Glück und sie lässt sich herab, mir ernsthaft zu antworten: „Ja, die Ausbildung zur Fachärztin ist zu Ende, mit bestem Erfolg übrigens." „Gratuliere", sage ich, „wie soll es weiter gehen?" Dabei denke ich an die Karriereleiter, die sie sicherlich bis zur Höchststufe erklimmen will, und frage mich, ob sie und David auch mal wieder ans Kinderkriegen denken. „Das frage ich lieber dich, wie es weiter gehen soll bei dir. Einen ersten Roman hast du veröffentlicht, wenn ich mich richtig erinnere. Allerdings muss das schon Jahre her sein, oder?" Ich überhöre den sarkastischen Ton und sage nur: „Mein Familienroman ist in Arbeit, du wirst ihn noch zu deinen Lebzeiten lesen können." Jetzt nimmt sie es mit Humor und wir gehen in die Halle, wo gerade unsere Eltern mit den anderen hereinkommen.

Karin, Ellas Freundin seit der Sandkistenzeit, und Bertil, Ellas jüngerer Bruder, sind mit ihnen gekommen. Von Karin weiß ich, dass sie Ella stets bewundert hat, denn selbst hatte sie als ungelernte Arbeiterin meist nur wechselnde Anstellungen. Das wiederum lag nicht, wie ich von Ella wusste, an limitierten Fähigkeiten, sondern den häuslichen Umständen, unter denen sie aufgewachsen war. Verheiratet ist sie mit einem biederen Beamten, der wenigstens so gut verdient, dass Karin auf ihre alten Tage, sie ist 74, nicht noch arbeiten muss.

Bertil, der mit seinen 66 Jahren der jüngste der drei schwedischen Geschwister ist, sieht trotz seines gezwirbelten Schnauzers noch immer wie ein Junge aus: klein gewachsen, mit runden geröteten Bäckchen, kleinen blitzenden Äuglein

und strubbeligem Haar erscheint er mit seiner hohen Stimme nicht als Rentner und provoziert bei denen, die ihn sehen, ein

Lächeln über seine wundersame Erscheinung. Er hat mit allen nur erdenklichen Tätigkeiten sein Leben verbracht, war handwerklich wie kunsthandwerklich ein Tausendsassa. Geheiratet hat er nie, dafür immer wieder wechselnde Freundinnen genossen, die ihm irgendwann den Laufpass gaben, wenn sie seiner zwar charmanten, aber so unsteten Art zu leben überdrüssig geworden waren. Er wohnt in Schweden, aber ist häufig genug in Deutschland, so dass man sich gut, notfalls auch auf Englisch, mit ihm unterhalten kann.

Ich werde ihn fragen, mit wem er derzeit zusammen ist, denke ich, und begrüße die beiden, wozu ich in der Krematoriums Halle noch nicht die Gelegenheit hatte. Karin drücke ich mein Beileid aus, als ich sehe, wie sie noch immer Tränen abtupft, die ihr über die Wangen rinnen. „Sie war der liebste Mensch, den ich kenne", sagt sie, „mit ihr hat die Welt jemand Bedeutsames verloren!" Weiter kommt sie nicht, denn schon wieder fließen die Tränen und sie muss sich schnäuzen. Bertil klopft ihr tröstend auf den Rücken: „Da sagst du etwas Richtiges, Karin. Sie war ein", er muss anscheinend nach einem Wort suchen, „ein bedeutsamer Mensch!" Er nickt sich selbst die Bestätigung zu, um mich dann zu begrüßen. „Tilo, du kennst sie fast so gut wie wir beide – hast du sie nicht auch sehr geschätzt?"

Jetzt blicken meine Eltern zu mir her und ich weiß, sie werden genau hinhören, was ich sage. Es ist ja so: Martha hat sich von ihrer Mutter, also Ella, nie so sehr geliebt und geschätzt gefühlt, wie sie es, so hat sie immer wieder betont, gebraucht und verdient habe. Ja, verdient habe sie es, denn sie habe als Kind immer versucht, den Ansprüchen der Mutter zu entsprechen.

Irgendwas muss dabei schiefgegangen sein, denn ich kann mich gut an ihre Schilderungen erinnern, dass sie später, als Jugendliche, alles Mögliche angestellt habe, um diesen von ihr vermuteten Ansprüchen eben nicht gerecht zu werden. Ella muss sie dann immer mit einem gewissen Mitleid angeschaut haben, was Martha noch mehr gereizt und natürlich auch verletzt hat. Doch das wiederum war Ella nicht klar. Und so lag es an Viktor, sowohl Gattin wie Tochter in einer Weise zu umhegen — ich kann es nicht anders ausdrücken -, dass der häusliche Friede einigermaßen gewahrt blieb — so jedenfalls die Erzählung von Martha.

„Nun", beginne ich vorsichtig und versuche, die beiden im Hintergrund zu ignorieren, „ich denke, sie war eine Person, die sich nicht so sehr darum kümmerte, was ,man' für gut und richtig hielt, sondern die versuchte, sich selbst zu entdecken, zu finden — manchmal auch auf Kosten anderer." Bertil scheint nicht gerade begeistert von meiner Antwort zu sein, aber auf Seiten von Martha spüre ich eine gewisse stumme Zustimmung. Sie verschwindet in der Küche, um nach Maria und dem Essen zu sehen, während Torsten sich zur Bibliothek wendet, wahrscheinlich braucht auch er einen Drink.

Jetzt erst sehe ich Tessa, eigentlich Theresa, die wohl mit ihren Eltern gefahren ist, aber gerade aus der Küche kommt. Wahrscheinlich hat sie dort genascht und ihre Mutter hat sie weggeschickt. Mit ihren elf Jahren ist sie erstaunlich clever, das ist bei ihren Eltern aber auch weder ein Wunder noch von Schaden. „Onkel Tilo", beginnt sie und ich ahne, sie will etwas von mir, „Onkel Tilo, hast du wieder ein Buch geschrieben? Schreib doch mal ein Buch für Kinder, was Lustiges und Spannendes!" Sie tut ganz harmlos, aber ich weiß, dass ihre Eltern immer mal wieder über mich lästern, weil ich schon länger nichts mehr veröffentlicht habe. „Da müsstest du mir mal was Lustiges oder Spannendes erzählen, etwas, das du gut findest, dann könnte ich darüber schreiben." Tessa ist enttäuscht und ich weiß, sie ist viel zu nüchtern und fantasielos, als dass sie mir etwas Entsprechendes erzählen könnte. Kinderliteratur ist einfach nicht meins, aber das brauche ich ihr ja nicht zu sagen.

Ich gehe zu Torsten in die Bibliothek, wo ich mir einen zweiten Drink eingieße. Er wendet sich zu mir und ich sehe ihm an, er hat gerade mächtig nachgedacht. „Sag, Tilo, ob ich mich richtig erinnere! Ella ist meines Wissens vor zwei Monaten, vielleicht waren es auch nur sechs Wochen, nach Südafrika geflogen. Wir haben ein paar Postkarten von ihr erhalten und dann, vor vier Wochen plötzlich eine Nachricht, sie sei während einer Tour durch irgendeinen Nationalpark dort unten verschwunden und erst eine Woche später tot aufgefunden worden. Das stand in einem offiziellen polizeilichen Bericht, den du ja auch gesehen hast, ich hatte dir die Kopie zugeschickt. Letzte Woche kam ihr Sarg mit den zwei Koffern zurück, darin ihre Sachen samt allen Papieren; Geld war allerdings keines dabei." „Ja, sage ich, stimmt schon. Was ist das Problem?"

Er fasst sich an die Nase, reibt sein Kinn, schaut mich an und sagt dann: „Man kennt sich ja mit den Verhältnissen dort nicht aus, aber kann es nicht auch sein, dass sie ausgeraubt wurde und deshalb sterben musste? Ich meine, sie war doch nicht dumm und wandert irgendwo herum, wo sie sich nicht auskennt und es wahrscheinlich gefährlich ist, wegen der Tiere meine ich." Ich muss zugeben, es könnte etwas dran sein an seiner Vermutung, zumindest als Möglichkeit wäre sie denkbar. Aber dann sage ich: „Du weißt ja, dass deine

Schwiegermutter auch sehr impulsiv sein konnte und nicht immer mit kühlem Kopf handelte. Vielleicht hatte sie sich ja gar nicht weit von der Reisegesellschaft entfernt und ist einfach unglücklich gestürzt, war bewusstlos, ist elend verdurstet."

„Schrecklich", stöhnt er, „sprich ja nicht mit Martha von meiner Idee, sie ist ja noch weniger als eine Vermutung." Ich nicke und trinke mein Glas aus, denn Torsten schiebt mich in Richtung des Esszimmers. Karin und Bertil sind schon dort und auch David und Margarita haben sich bereits eingefunden. Bertil sitzt - als Ältester - an der einen Stirnseite des Tisches, Torsten nimmt ihm gegenüber Platz. Martha hat als Hausfrau die Sitzordnung zusammengestellt und so sitzen Linnea und Karin nebeneinander, dazu Martha, auf der anderen Seite David und Margarita, zwischen ihnen ihre Tochter, und neben Margarita ich selbst.

„Warum sitzt Maria nicht auch am Tisch?", frage ich und tue harmlos. Eine Antwort erhalte ich nicht, zumal sie gerade mit einer großen Suppenterrine aus der Küche kommt. Martha teilt aus und die vollen Teller werden reihum verteilt. Aber bevor alle zu essen beginnen, erhebt sich Bertil. Offenbar hat er vor, eine Rede zu halten, was aber für alle anderen eine Überraschung bedeutet. Er räuspert sich bedeutungsvoll, bevor er beginnt: „Ihr Lieben, denken wir jetzt, hier und heute noch einmal gemeinsam an unsere Schwester, Mutter, Großmutter und Urgroßmutter Ella, die uns überraschend verlassen hat. Sie war eine großartige Persönlichkeit, die uns alle mit ihrer Lebensfreude, ihrem Temperament und ihrem Talent, jederzeit voller Tatkraft zu sein, unendlich bereichert hat. Heben wir das Glas auf Ella und wünschen wir ihr alles Gute für das, was nun vor ihrer Seele liegen mag!"

Alle sind viel zu verblüfft über Bertils ungeahnte rhetorische Fähigkeiten, als dass man sofort reagieren könnte.

Ich schätze, er hat seine Rede aufgeschrieben, von jemand verbessern lassen und sie dann auswendig gelernt. Jetzt steht er, von seinen eigenen Worten sichtlich gerührt, etwas verunsichert da, bis er erleichtert feststellen kann, dass die anderen sich und die Gläser erheben. „Auf Ella", kommandiert Bertil und wunderbar synchron werden die Gläser geleert. Gleich darauf höre ich die Löffel klappern, Bertil schlürft geräuschvoll und bemerkt nicht den strafenden Blick von Linnea.

Es dauert nicht lange und Tessa legt ihren Löffel neben den Teller. Sie erkundigt sich bei ihrer Mutter, was es sonst noch zu essen gäbe. „Warte es ab", erwidert Margarita ungerührt und Tessa zieht ihre Schnute, die ich schon kenne. Es hat nicht lange gedauert und schon langweilt sie sich. Mit der Gabel malt sie Linien auf die Damast Tischdecke, bis ihre Mutter wieder einschreiten muss.

Jetzt steht Linnea auf, klopft mit dem Messer an ihr Glas. „Es war Ella, die vor mir aus Schweden hierherkam, vom unvergessenen Viktor umhegt und umsorgt, sie, die Leichtigkeit und Unbekümmertheit mitbrachte und nie verlor. Für mich war sie eine zweite Heimat, wie ihr wisst, denn ohne sie hätte es mich wohl nicht so lange hier gehalten." Sie muss einen Schluck trinken, um ihre Rede fortsetzen zu können. „Und jetzt möchte ich ihr im Namen aller dafür und für alles, was sie für uns getan hat, danken!"

Ich klopfe mit den Knöcheln Beifall auf die Tischplatte, was auf keine Gegenliebe trifft. Aber ich komme ins Überlegen, ob auch ich eine Tischrede halten sollte. Warum eigentlich nicht?

Maria bringt gerade eine große Platte herein, belegt mit Fisch, und gleich danach zwei Schüsseln mit Pommes Frites. Es folgen Schüsseln mit verschiedenen Salaten und Gemüsen, so dass Martha nicht umhinkann, Maria vor allen für ihre Kochkünste zu loben.

Neben mir sitzt an der Stirnseite mein Vater, stumm kauend, kaum den Blick über den eigenen Teller hebend. Ich frage mich, was ihm durch den Kopf gehen mag, seine Theorie vom Ableben Ellas vielleicht noch? Kurz entschlossen wende ich mich zu ihm und sage: „Wie hast du denn deine Schwiegermutter erlebt, ich meine damals, in der ersten Zeit, als du Martha kennenlerntest?"

Kauend schaut er mich an und es ist offensichtlich, dass er tatsächlich versucht sich zu erinnern. Als er soweit ist und noch einen Schluck getrunken hat, sagt er: „Sie war auch damals natürlich tough, hat mich spüren lassen, dass ich etwas vorzeigen sollte, um ihre Anerkennung zu verdienen. Ich fand das damals ganz in Ordnung so."

Er dachte weiter nach: „Aber es war auch eine gewisse Arroganz dabei, ja, das war es. Im Lauf der Jahre fand ich diese Überheblichkeit immer penetranter. Aber da konnte ich mir Ella vom Leibe halten. Du erinnerst dich vielleicht, dass ich Martha und euch Kinder immer seltener bei Besuchen begleitet habe. Abgesehen davon, dass ich meist viel zu tun hatte, so dass ich ein freies Wochenende sehr schätzte. Aber frag' ruhig mal deine Mutter, wie sie das alles erlebt hat."

Martha, die mir gegenübersitzt, hat sowieso schon mit einem Ohr zugehört. Ich brauche sie nur fragend anzuschauen und sie legt los: „Torsten war am Anfang eigentlich ganz entzückt von Ella, beeindruckt von ihrer ganzen Erscheinung und

Eleganz, das konnte man ihr ja nicht absprechen. Wenn ich ehrlich bin, war ich ja fast schon ein bisschen eifersüchtig auf sie. Aber", Martha macht eine bedeutungsvolle Pause, „sie hat ihn stets von oben herab behandelt. Ich bin mir sicher, sie hatte schon immer was gegen Ärzte, und dann werde ich Ärztin und heirate auch noch einen Arzt. Schon allein das muss sie provoziert haben. Sie ließ es natürlich nicht offensichtlich erkennen, aber es reichten ja kleine Neben-bemerkungen." Sie blickt mich an und sagt: „Wenn du damals nicht schon ihr Liebling gewesen wärst, hättest du das auch erkannt."

Ich nehme ihre Bemerkung einfach mal zur Kenntnis und frage: „Wie erklärst du es dir, dass sie mich dazu auserkoren hat und nicht Margarita?" Jetzt, beim Nennen ihres Namens, wird Margarita aufmerksam und ist durchaus neugierig, was unsere Mutter dazu sagen wird. „Abgesehen davon, dass Ella, das war ja offensichtlich, vom männlichen Geschlecht immer schon mehr gehalten hat als von ihrem eigenen, warst du als der erste Enkel natürlich besonders gerne begrüßt und deine Schwester empfand sie wohl schon als nette Draufgabe, wenn ich das so sagen darf." Sie blickt zu ihrer Tochter hinüber: „Entschuldige, Margarita, aber ich glaube, so war es tatsäch-lich. Und", jetzt schaut sie wieder zu mir, „sie hat dich sozusagen protegiert, weil du so gerne aus der Reihe getanzt bist, immer was Besonderes sein wolltest – das hat ihr in der Tat gefallen."

Martha sagt das trocken, wie es ihre Art ist. Sie kann das auch als Ärztin. So hat sie zum Beispiel einer Patientin mit Krebs auf den Kopf hin gesagt, sie müsse jetzt tapfer sein, ihre Überlebenschance sei bei fünfzig Prozent, aber das sei doch kein Grund zum Verzweifeln. Ich frage mich, was sie in der

Kindheit dazu gebracht hat, so wenig empathisch zu sein. Lag das an Ella?

Margarita schaltet sich ein, bevor ihre Mutter weitersprechen kann. „Also, ihr habt das ja wohl mitgekriegt: Solange ich ein kleines nettes Mädchen war, fand Ella mich süß, so wie man ein Püppchen süß finden kann. Später, da war ich schon in der Schule, da hat sie mich spüren lassen, dass ich sie auch mal kritisch angesehen habe, auch wenn ich das nicht so äußern konnte. Aber sie hat das gemerkt, dass ich sie nicht so wie mein werter Bruder angehimmelt habe. Denn das hast du, Tilo, du brauchst gar nicht die Augen zu verdrehen.“

Ich gehe nicht auf ihre Behauptung ein und sage: „Ich frage mich einfach, was ihr für ein Bild von Ella habt, warum das so anders ist als meines. Und ihres.“ Ich deute zu den anderen, die am Tisch sitzen, zu Linnea, Bertil, Karin. Die drei unterhalten sich so angeregt, dass sie nicht bemerken, wie ich auf sie zeige. „Ist doch klar“, sagt da Margarita, „sie sind eine andere Generation, haben immer zu Ella aufgeblickt, haben sie verehrt. Ihnen gegenüber war sie die Königin, die gnädig ihre Huld an sie verteilte.“ Ich schaue auf Martha, wie sie reagiert. Anscheinend überlegt sie noch, bis sie etwas sagt. Auch Margarita wartet auf eine Antwort, während Torsten ungerührt weiter isst.

„Ach“, sagt sie schließlich, „ich habe keine Lust, jetzt noch über Ella zu reden. Sie ist tot, soll sie in Frieden ruhen.“ Ich sehe, wie es in ihr arbeitet und sie noch nicht fertig ist. „Ich will ihr nichts Schlechtes nachsagen, aber“, wieder zögert sie, „sie war nicht gerade eine sehr fürsorgliche Mutter, auf jeden Fall keine Helikoptermutter, wie man heute sagen würde.“

Margarita blickt mich an, ist genauso neugierig geworden wie ich. „Wollte sie nicht oder konnte sie nicht, Mama?" Jetzt ist Martha ungehalten: „Margarita, muss ich dir das noch erklären?!"

Ich fange an zu grinsen, was meine Schwester zusätzlich ärgert. „Sie konnte nicht", sage ich sanft. „Ja, sie konnte nicht und sie war auch nicht in der Lage dazuzulernen. Dafür war ja Viktor da, der sich darum zu kümmern hatte, dass alle in der Familie zufrieden und glücklich waren, zuallererst seine Frau natürlich."

Martha war etwas laut geworden, so dass das Gespräch am anderen Tischende verstummte. Sie ergreift die Flucht nach vorne, erhebt sich und sagt: „Ihr kennt das Sprichwort: Nichts Böses über die Verstorbenen solle man sagen. Aber so war der lateinische Satz ursprünglich nicht gemeint. Nicht in schlechter Absicht über die Toten zu reden, darauf kommt es an. Da darf es auch sein, dass etwas Kritisches geäußert wird. Und das will und muss ich jetzt tun."

Sie streckt sich und schaut über die Köpfe aller hinweg, offenbar in eine ferne Vergangenheit. „Ella war eine großartige Frau, wie ihr schon bemerkt habt. Eine großartige Persönlichkeit für die, die sie nicht wie ich als ihre Tochter erlebten. Aber sie war eine lausige Mutter, was mir übrigens Viktor irgendwann, als ich kurz vor seinem Tod mit ihm sprach, bestätigte. Ich sage das jetzt nicht mit böser Absicht, sondern ich sage das ohne jede negative Emotion, es ist eine sachliche Feststellung, eine Diagnose sozusagen. Ich habe sie trotzdem lange Zeit geliebt und jetzt soll sie in Frieden ruhen, für immer."

Nach kurzem Zögern setzt sie sich und schaut mit erhobenem Kinn in die Runde. Niemand wagt zu sprechen, aber Torsten hat aufgehört zu essen und scheint nachzudenken. Ich habe den Eindruck, er will aufstehen und auch etwas sagen, aber er bleibt sitzen und blickt nur vor sich hin. Martha schaut enttäuscht, aber sie sagt nichts.

Theresa hingegen ist unruhig geworden und wispert ihrer Mutter etwas zu, die nur unwillig den Kopf schüttelt. Da wird Tessi laut und sagt vernehmlich: „Ich will nur wissen, was ‚lausige Mutter' bedeutet. Hat sie immer Läuse auf dem Kopf gehabt?"

Jetzt muss sogar Torsten grinsen, während Bertil, schwerhörig wie er ist, wissen möchte, was los ist. Martha ist souverän und antwortet mit einem eigentümlichen Lächeln: „Eine lausige Mutter kümmert sich zu wenig um ihr Kind." Theresa schaut mit großen Augen ihre Großmutter an und sagt dann: „Hast du oft weinen müssen deswegen?", worauf diese in aller Freundlichkeit erwidert: „Es hätte nichts gebracht, meine Liebe; Großmutter hätte darüber hinweggesehen." „Davon hast du uns nie etwas erzählt, Mama", schaltet sich nun wieder Margarita ein. „Ich wusste nicht, dass du dich als Kind vernachlässigt gefühlt hast." Sie hält inne, um mit einem unglücklichen Blick fortzufahren: „Manchmal habe ich mich auch von dir nicht beachtet gefühlt." Sie schaut ihre Mutter vor Verlegenheit nicht an, während Martha sie stirnrunzelnd anblickt, als habe sie nicht richtig gehört. Das nun eintretende Schweigen unterbricht Karin, indem sie sich erhebt und sagt: „Wollen wir hier und jetzt nicht vor allem an unsere liebe Ella denken, die uns so plötzlich verlassen hat?" Sie wartet einen Moment ab, in dem sie sich der Zustimmung der Anwesenden versichert, und fährt fort. „Ich möchte eine kleine Episode in

Erinnerung rufen, die so recht Ellas Wesen zum Ausdruck bringt." Nun zieht sie einen Zettel hervor, den sie anscheinend vorbereitet hat und von dem sie abliest. „Ella und ich hatten uns ja schon als Kinder kennengelernt, aber dann aus den Augen verloren. Im Kindergarten, wohin sie ihre Martha täglich hinbegleitete und ich meinen Tobias, trafen wir uns nach Jahren wieder. Tobias hatte es nicht leicht und weinte jedes Mal, wenn ich mich von ihm verabschiedete. Ella sah ein paar Tage lang zu, aber dann kniete sie sich eines Tages vor Tobias hin und sagte: Tobias, deine Mami hat dich ganz, ganz lieb, das weißt du doch. Und wenn du sie auch ganz, ganz liebhast, dann weinst du nicht mehr, wenn ihr euch verabschiedet, sondern umarmst sie noch einmal und winkst ihr dann zum Abschied zu. Dann kann sie froh gehen und weiß, wie sehr du sie liebhast. Das sagte sie zu Tobias, trocknete ihm die Tränen und nickte ihm auffordernd zu. Jetzt zeig, wie du sie liebhast: Drück sie noch einmal und dann winkst du ihr zu. Das hat er dann auch getan und von diesem Tag an gab es kein Abschiedsdrama mehr. Da bin ich Ella bis heute dankbar dafür."

Karin faltet den Zettel sorgsam wieder zusammen, als wolle sie ihn für alle Ewigkeit bei sich tragen, und setzt sich wieder. Bevor das allgemeine Schweigen sich zu sehr breitmacht, besinnt sich Linnea: „Liebe Karin, ganz herzlichen Dank für deine Rede auf Ella. So habe auch ich sie in Erinnerung: mitfühlend und tatkräftig zugleich!"

Ich sehe schon, wie sich Martha kaum halten kann und schon platzt sie los: „Wisst ihr, was sie mir gesagt hat, als ich weinte, weil sie mich im Kindergarten ohne besondere Vorbereitung einfach stehen ließ und davon ging? Es war am ersten Tag. Sie kam sofort zurück, schaute mich von oben herab an und sagte: Wenn du willst, dass ich dich wieder abhole, dann hörst du jetzt sofort wieder auf zu heulen! Sie wartete ab, bis ich aufhörte zu schluchzen, strich mir über den Kopf und ging. Als ich bald darauf beobachtete, was Karin gerade geschildert hat, hab' ich meine Mutter und die ganze Welt nicht mehr verstanden." Martha kann gerade noch fertig sprechen, als ihr die Tränen über die Wangen laufen. Sie dreht sich um und verschwindet in Richtung Bad.

Jetzt fängt auch noch Margarita an zu weinen und Theresa, völlig verwirrt, hängt sich an ihren Hals und will sie trösten. David wiederum, der bisher immer nur zuhörte, steht auf, um hinter Margaritas Stuhl zu treten und ihr etwas ins Ohr zu flüstern. Offenbar hat er das Falsche gesagt, denn Margarita richtet sich empört auf und schüttelt ihn geradezu von sich: „Jetzt höre sofort auf damit. Das möchte ich nicht noch einmal von dir hören!" Verlegen bleibt David noch einen Moment bei ihr stehen, dann geht er langsam zu seinem Platz zurück, schenkt sich sein Weinglas voll und trinkt es in einem Zug aus.

Bertil ist irritiert und beginnt schwedisch mit Linnea zu reden, offenbar soll sie ihm erklären, was überhaupt los ist. Doch sie lehnt energisch ab und schaut peinlich berührt vor sich hin. Jetzt stupse ich meinen Vater mit dem Ellenbogen an, schließlich sitzt er als Familienoberhaupt hier am Tisch und hat bisher noch gar nichts gesagt. Seine Frau ließ er davonlaufen, also, denke ich, kann und soll er etwas sagen, um Schlimmeres zu verhüten. Torsten reagiert äußerlich kaum auf meine Aufforderung, aber ich merke, etwas geht in ihm vor.

Hoffentlich braucht er jetzt nicht eine Ewigkeit, bis ihm etwas einfällt, denke ich und beginne innerlich zu zählen. Bei vierzehn steht er endlich auf und spricht. „Ich denke, bevor die Nachspeise gebracht wird, haben wir alle die Möglichkeit, uns auf den Anlass unseres Zusammenseins zu besinnen, so dass wir nachher unsere gemeinsame Zeit in Würde abschließen können. Vielen Dank!"

Eine solch förmliche Rede habe ich ihm weder zugetraut noch je von ihm gehört. Ich sehe ihn an und bemerke, wie sich kleine Schweißtröpfchen an seiner Schläfe angesammelt haben. Jetzt lockert er seine Krawatte und tupft sich das Gesicht ab. Meinen erstaunten Blick ignoriert er, um zum Glas zu greifen und es auszutrinken. Er steht nun auf und ich schaue ihm nach, wie er zum Bad geht. Jetzt sorgt er sich also doch noch um Martha.

In der Pause, die nun eintritt, sehe ich, wie David und seine Tochter sich um Margarita kümmern und Linnea und Bertil im Gespräch miteinander vertieft sind. Karin steht allein am Fenster und sogar von hinten kann ich erkennen, wie unwohl sie sich gerade fühlt. Ich gehe zu ihr und trete neben sie. „Wie es scheint, war Ella eine schillernde Persönlichkeit." Als sie schweigt, fahre ich fort: „Je nach Gegenüber und Situation trat sie, wie es scheint, sehr unterschiedlich auf und ich frage mich, nicht zum ersten Mal übrigens, wer sie wirklich war."

Unvermittelt dreht sich Karin zu mir um, so dass ich erschrecke. „Wer sie wirklich war – weißt du selbst, wer du ‚wirklich' bist? Was für eine törichte Frage!" Ich bin zwar erstaunt über die unerwartete Heftigkeit ihrer Erwiderung, aber lasse mich nicht einschüchtern. „Nun, hat nicht jeder ein Gefühl, ein halbwegs klares Bewusstsein davon, wie er bzw. sie gesehen werden will, um sich verstanden zu fühlen?"

Karin mustert mich von oben nach unten und wieder zurück, als ob sie mich jetzt erst richtig wahrnimmt, und sagt: „Ich glaube nicht, dass Ella sich Gedanken darüber machte, wie sie wahrgenommen werden wollte. Daran verschwendete sie nicht eine Sekunde Zeit, da bin ich mir sicher. Sie sprach, handelte, gab sich, wie es ihr im Augenblick einfiel, gefiel, und dachte nicht daran, wie sie von anderen eingeschätzt würde oder was andere von ihr dachten."

Jetzt nippt Karin an ihrem Glas, das sie vom Tisch mitgenommen hat, und fährt fort: „Für dich war sie ja anscheinend immer die gleiche, die liebe Großmutter, die ihren Enkel verwöhnte, der es gar nicht anders von ihr kannte." Ich stöhne innerlich, weil dieses Bild von mir offenbar in aller Köpfe festgebannt ist; aber ich will nicht widersprechen, damit Karin nicht den Faden verliert. Sie fährt auch schon fort: „Ich habe sie ja über Jahrzehnte erlebt in verschiedenen Situationen; und ich kann dir sagen: Für mich ist sie keine „schillernde" Persönlichkeit, wie du es formuliertest, sondern sie ist ein faszinierender, ja charismatischer Mensch gewesen, wie ich keinen anderen je kennengelernt habe. So anstrengend sie manchmal war, so viel konnte man auch von ihr lernen, mit ihr erleben, sich mit ihr freuen, lachen oder auch mal trauern, auch das gab es bei ihr."

Sie schaut sich um und spricht leise weiter: „Was Martha betrifft, so kann ich sie verstehen, ich glaube ihr, was sie erinnert, was sie erlebt hat. Aber war Ella deswegen wirklich eine „lausige Mutter"? Es ist doch aus ihrer Tochter etwas geworden, eine fachlich kompetente und anerkannte Ärztin, nicht wahr?"

Bevor ich antworten kann, hören wir Torsten an sein Glas

klimpern und ich sehe Maria die Nachspeise bringen. Margarita kehrt in Begleitung ihres Mannes an den Tisch zurück, offenbar hat sie ihr Makeup erneuert, denn ihre Wangen glänzen auffallend. Es gibt Vanillepudding und verschiedene Eissorten, die Maria je nach Wunsch in Glasschälchen füllt. Ich schaue zu Linnea und Bertil, die sofort völlig in ihre Nachspeise vertieft sind. Von ihnen ist wohl kein weiterer Redebeitrag zu erwarten. Karin sitzt blass am Tisch und löffelt in zeitlupenhafter Langsamkeit ihren Pudding. Margarita ist wieder dabei, ihrer Tochter gutes Benehmen beizubringen, denn Theresa versucht gerade, Eis und Pudding gleichzeitig mit zwei Löffeln in den Mund zu schieben. David rührt sein Eis und den Pudding zu einem erstaunlich unansehnlichen Gemisch zusammen, während Torsten streng über die ganze Tischgesellschaft blickt, wohl um zu kontrollieren, ob seine Ermahnungen auch gefruchtet haben.

So sind nur mehr oder weniger laute Schlürf- und Essgeräusche zu hören, als ich sehe, wie Maria mit einem großen weißen Kuvert ins Zimmer tritt und dann nicht mehr weiterweiß. Erst als Torsten sie bemerkt und anblickt, geht sie zögernd zu ihm und überreicht ihm wortlos das Kuvert. Er schaut zuerst sie, dann den Umschlag an. Alle am Tisch sind inzwischen aufmerksam geworden, blicken erwartungsvoll zu Torsten, bis dieser langsam sagt: „Von Ella, für uns."

Theresa hat sich als erste gefasst und ruft voll Freude: „Urgroßmama schickt uns Post aus dem Himmel!", um sogleich ihre Mutter zu fragen: „Mama, wie geht das denn?" Margarita schüttelt nur den Kopf und sagt: „Nun mach schon auf, Torsten, was ist drin?"

Das erste, was aus dem Umschlag rutscht, ist eine Fotografie im A5 Format, die Torsten hochhält und uns zeigt. Es ist eine Aufnahme von Ella, bestimmt in ihren Dreißigern oder Vierzigern, bei ihr weiß man das nicht so genau, sie konnte immer um Jahre jünger aussehen, als sie tatsächlich war.

Strahlend, blendend sieht sie aus, der Wind scheint ein wenig ihr langes blondes Haar zu durchwehen, ihr Mund ist leicht geöffnet, sie lacht, sie freut sich offenbar. Der Hintergrund ist verschwommen, man sieht nur helle Farben, die dekorativ ihren Kopf umgeben.

Torsten hält die Fotografie noch immer hoch vor sein Gesicht und jetzt liest er etwas von der Rückseite ab: „So sollt ihr mich in Erinnerung bewahren! Eure Ella." Als er das Foto wieder herunternimmt, sehe ich in seinem Gesicht ein ungläubiges Staunen. Dann besinnt er sich und fragt Maria: „Woher hast du den Umschlag? War er im Briefkasten?" Maria muss sich erst fassen, bis sie erwidert: „Nein, gerade eben hat ein Bote den Umschlag gebracht. Er hat es aus einem noch größeren Kuvert gezogen, ich glaube, da stand die Adresse von hier darauf. Ein Trinkgeld wollte er gar nicht haben, ist einfach wieder mit dem Fahrrad davongefahren." Jetzt greift Torsten in den Umschlag und holt ein kleineres Kuvert heraus, das, wie ich sehe, nicht zugeklebt ist, so dass er den Inhalt sofort herausnehmen kann. Es ist ein beschriebenes Blatt Papier und ich erkenne an den großzügig geschwungenen Buchstaben Ellas Schrift. Da reicht Torsten es mir zum Vorlesen. Ich schaue herum, ob jeder einverstanden ist, dann beginne ich.

Ihr Lieben!

Ich stelle mir vor, ihr sitzt nach der Trauerfeier bei Martha und Torsten zu Hause am reich gedeckten

Tisch und die ersten Tischreden sind gehalten worden. Ich hoffe, sie fielen nicht zu sehr zu meinen Ungunsten aus, obwohl ich das natürlich nicht ausschließen kann.

Wegen meiner plötzlichen Absenz konnte ich mich nicht von euch allen verabschieden. Aber von meinem nunmehrigen Dasein aus möchte ich jedem von euch noch mitteilen, was mir wichtig ist und was jeder von euch hören soll.

An dieser Stelle muss ich unterbrechen, denn es wird unruhig um mich herum. Bertil, der schlecht hört, will alles von Linnea übersetzt haben, Karin ist ganz aufgeregt und weiß offensichtlich nicht, was sie jetzt denken soll.

Margarita und David reden halblaut miteinander, während Theresa zu mir kommt und sich, über meine Schulter gebeugt, den Brief anschauen will. Martha ist blass geworden, was Torsten mit Besorgnis feststellt und ihn veranlasst, ihre Hand zu nehmen.

Ich frage mich, was Ella mit dem ‚Dasein' meint, denn sie kann ja wohl nicht aus dem Totenreich einen Brief an uns schicken. Hat sie ihn vor ihrem Tod in Auftrag gegeben, damit er danach überbracht werden konnte? Oder ist sie doch noch am Leben, irgendwo im afrikanischen Busch womöglich? Aber dort lässt sich nicht so einfach ein Post Büro finden, von wo sie den Brief wegschicken könnte. Es ist auf dem Briefbogen kein Ort, kein Datum vermerkt, so dass ich mich frage, wann und von wo er wohl geschrieben wurde.

Jetzt klopft Torsten an sein Glas und fragt: „Kann Tilo nun wieder weiterlesen?" Ruhe kehrt ein und ich fahre fort:

> *Bertil, du warst mir ein lieber kleiner Bruder, auch
> wenn du mich mit deiner Anhänglichkeit lebenslang
> genervt hast.*

Ich linse kurz über den Rand des Blattes, aber offenbar hat Bertil nicht so schnell kapiert, was ihm da mitgeteilt wird; er lächelt – noch. Weiter geht's!

> *Linnea, du hast mich zwar immer gemocht, aber dass
> du deine Rolle als kleine Schwester auch noch im
> vorgerückten Alter spielen musstest, war nicht sehr
> originell.*

Ich lese gleich weiter und spare mir den Blick zu ihr.

> *Martha, wir hatten es nicht leicht miteinander, aber
> nun hast du dich ja hoffentlich erfolgreich von mir
> abgenabelt.*

Ein kurzer Blick zu ihr zeigt mir ihr blasses Gesicht.

> *Tilo, du warst mir oft eine angenehme Gesellschaft;
> ich hoffe, du kommst auch ohne mich zurecht.*

Jetzt lacht da jemand, aha, es ist Margarita. Soll sie doch!

> *Margarita, als kleines Mädchen warst du mir am
> liebsten, im Gegensatz zu dir als Teenager.*

„Also", höre ich jetzt Torsten reden, „sollen wir uns das wirklich noch anhören? Es ist ja eine echte Frechheit von Ella, uns das anzutun. Wer will, dass Tilo weiter laut vorliest? – Gut, Tilo, es reicht. Wer noch weiteres aus dem Brief erfahren möchte, soll selbst lesen."

„Es werden sowieso nur noch du, Torsten, und Karin genannt,

die restlichen hier nicht." Ich schaue auf in die Runde und sehe angespannte Gesichter. „Vielleicht sollte ich den Schluss noch vorlesen, hört mal". Ich will gerade anfangen zu lesen, als Torsten mir die Blätter aus der Hand reißt und sie mitsamt dem Foto von Ella in den Umschlag stopft. Er legt ihn auf den Tisch und dort bleibt er auch liegen. Keiner geht in der folgenden Stunde, die wir noch gemeinsam verbringen, hin, um sich den Inhalt anzusehen, auch Torsten und Karin nicht.

***

Als Esther fertiggelesen hatte, griff sie zu dem Kuvert mit dem Foto, um damit und den Blättern zu Tilo zu gehen. Sie war gerade dabei, ihn anzusprechen, als sie fühlte, dass noch etwas im Umschlag steckte. Tilo hatte sich schon nach ihr umgedreht und sie legte ihm Foto und Blätter auf den Schreibtisch, um herauszuholen, was noch im Kuvert steckte. „Ich glaube, es ist da drin etwas festgeklebt, jedenfalls kriege ich es nicht heraus. Gibst du mir mal die Schere, ich schneide das Kuvert auf."

Was da zum Vorschein kam, war ein kleiner quadratischer Umschlag, der zugeklebt war. „Soll ich ihn öffnen?", fragte Esther. Tilo schaute vollkommen verblüfft hin und stimmte wortlos zu. „Ich glaube, es ist noch ein Foto, ein kleines", kommentierte Esther ihr Tun. Sie hielt das Bild Tilo hin. „Ist das nochmal diese Frau, diese Ella?"

Es war offensichtlich Ella, diesmal sichtlich älter als auf der ersten Aufnahme. Hinter ihr war der Eingang zu einem großen Gebäude zu sehen mit einem geschwungenen Schild, auf dem ‚Mercado Agricola' stand. Tilo blickte Esther verblüfft an: „Das ist Ella, so sah sie aus, bevor sie auf Nimmerwiedersehen verschwand. Wo ist sie da?"

38

Esther brauchte eine Weile, bis sie im Internet Gebäude und Ort herausgefunden hatte. „Es ist das Marktgebäude von Montevideo, Uruguay, schau, hier siehst du es!" Tilo schaute sich die verschiedenen Abbildungen an, die Esther ihm zeigte. „Tatsächlich, sie war dort! Aber das wussten wir damals nicht, ich hatte ja dieses Foto nicht entdeckt."

Er schüttelte den Kopf, lehnte sich auf seinem Stuhl zurück und schaute Esther an. „Du kannst dir gar nicht vorstellen, was damals noch geschah bei diesem Treffen, von dem du gelesen hast. Ich konnte es damals nicht mehr aufschreiben, weil ich selbst so verwirrt war und weil alle durcheinander redeten, diskutierten, ob sie tot war oder nicht, und schließlich im Streit auseinander gingen.

Später habe ich den Umschlag zu mir genommen, aber die Zeilen von Ella, die fehlten. Es muss sie einer der Anwesenden herausgenommen haben. Damals war ich überzeugt, dass es Torsten war, aber ich wagte nicht, ihn daraufhin anzusprechen. Als ich es viel später dann doch tat, spielte er mir etwas vor: Er könne sich nicht mehr daran erinnern, ja, vielleicht habe er den Zettel zu sich genommen, aber das wisse er nicht mehr. Er vergewisserte sich noch, dass ich den Umschlag mit Ellas Foto damals genommen hatte, aber weiter war mit ihm nicht darüber zu sprechen."

„Ich glaube, ich kann mir durchaus vorstellen, Papa, wie es der Tischgesellschaft damals ging. Ihr wusstet nicht: Ist sie tot oder nicht? Diese Frage war ja zu diesem Zeitpunkt nicht verlässlich zu beantworten." Esther sann einen Augenblick nach und fragte dann: „Habt ihr jemals noch etwas von ihr gehört?" Tilo schüttelte den Kopf: „Das ist es ja, was noch jahrelang die Gemüter erhitzte. Es gab diejenigen, die an Ellas

Tod glaubten, während andere es nicht taten. Und, nicht zu vergessen, diejenigen, die sich für keine Ansicht entscheiden konnten, die Neutralen sozusagen."

„Und?", fragte Esther gespannt. „Und was?", gab Tilo zurück. „Was hast du unternommen, um dir Klarheit zu verschaffen? Hast du keine Nachforschungen angestellt?"

Tilo nahm noch einmal Ellas Foto in die Hand, das sie vor der Markthalle zeigte. „Hätte ich diese Fotografie gekannt, hätte ich mich auf die Suche nach ihr gemacht. Aber so hatte ich einfach das Gefühl, Ella macht sich post mortem lustig über ihre Verwandtschaft, guckt uns von oben zu und lacht sich eins. Ja, das hätte perfekt zu ihr gepasst."

Esther grinste: „Ich glaube, gelacht hat sie auf jeden Fall, ob tot oder lebendig."

Ein Wochenendbesuch

Mit einem kurzen Seitenblick vergewisserte er sich, dass die Reisetasche gut verstaut im Fußraum vor dem Beifahrersitz lag, und fuhr los. Der Samstagvormittagsverkehr war stärker, als er erwartet hatte, doch er ließ sich nicht zur Ungeduld hinreißen, während er den Weg zur Autobahn zurücklegte. Vielleicht war es gut, dass er nach einer stressigen Woche hatte ausschlafen können und er nicht schon Freitagabend losgefahren war. Er wäre erst in der Nacht angekommen und wer weiß, in welcher Verfassung er dann gewesen wäre. Ob sie ihn dann mit einem Lächeln empfangen hätte, wäre zu bezweifeln gewesen.

Auf der Autobahn angekommen, beschleunigte er den Wagen und befand sich schon auf der Überholspur, wie es seine Gewohnheit war, als er sich plötzlich fragte, warum er es so eilig hatte. Vielleicht sollte er einfach nur im Verkehrsfluss mitschwimmen und sich Zeit nehmen zu überlegen, was er eigentlich von ihr wollte.

Sie hatten sich Wochen zuvor bei der Verlobungsfeier eines seiner Freunde kennengelernt. Offenbar war sie mit dessen Partnerin und zukünftiger Ehefrau bekannt. Sie hatten sich mehr aus Langeweile miteinander unterhalten, als dass sie einander sofort attraktiv gefunden hätten. Erst als sie miteinander tanzten, hatte er das Gefühl, sie blicke ihn anders an als nur so. Und er hatte die Augen geschlossen und versucht, sie zu spüren, die Wärme ihres Körpers, ihren Atem, ihre Bewegungen. Und ein wenig fester hatte er seinen Arm um ihre Hüfte gelegt.

Als er die Augen wieder öffnete, sah er sie mit geschlossenen Augen lächeln, so lange, bis der Tanz endete. Sie holten sich etwas zu trinken und er fragte sie, warum sie gelächelt habe.

„Oh, wirklich? Du hast gelächelt, während du die Augen geschlossen hattest." Und jetzt schaute sie ihn nur an und zog ihn dann wieder auf die Tanzfläche. „Wir sollten nicht beide zugleich mit geschlossenen Augen tanzen", sagte er bei den ersten Schritten, doch sie blickte ihn schon nicht mehr an, so dass er in Ruhe ihre Augenbrauen, die Wimpern und ihr dunkles lockiges Haar betrachten konnte, dessen Geruch er später, als sie in seinem Wagen saßen, ein für alle Mal in sich aufnahm.

Er hatte sich in den folgenden Tagen die CD mit der Tanzmusik dieses Abends gekauft und während er Kilometer um Kilometer abspulte, hörte er versonnen zu. Sie hatten sich geküsst, er hatte ihr Haar unter seiner Hand gespürt, ein wenig spröde war es, wie ihm schien. Zwischen den gespreizten Finger hatte er es durchgleiten lassen, bis sie sich plötzlich im Sitz zurücklehnte und fragte: „Wie heißt du eigentlich?"

Es war gut, dass er das Navigationsgerät eingerichtet hatte, so dass er nicht versäumte, die Autobahn zu wechseln. Es würde noch mehr als eine gute Stunde dauern, bis er bei ihr war. Der Verkehr hatte etwas nachgelassen und nun beschleunigte er doch den Wagen, um mit gewohntem Tempo weiterzufahren.

Es war spät geworden, als er sie nach Hause brachte. Sie hatten nichts mehr miteinander gesprochen, nachdem er seinen Namen genannt und auf ihre Bitte hin losgefahren war. „Und du, wie heißt du?", hatte er jetzt erst gefragt, als sie schon nach ihrer Handtasche griff. „Welcher Name würde dir gefallen?" Erst als er sie noch einmal geküsst hatte, sagte er langsam: „Sariah, mit ‚h' am Ende." Sie lauschte dem Klang des Wortes nach und meinte: „Gut, nun heiße ich so."

Und dann gab sie ihm eine Telefonnummer und sagte beim Verabschieden: „Ich wohne nur heute hier bei einer Freundin. Aber du kannst mich ja anrufen, wenn du willst."

Die CD war an ihrem Ende angelangt und jetzt hörte er nur das gleichmäßige Surren des Motors und das Geräusch der Reifen. Beim Blick auf das Navi stellte er fest, dass noch eine knappe Stunde zu fahren war. Um nicht zu früh anzukommen, bog er bei der Ausfahrt zur nächsten Raststätte ab. Nachdem er den Motor ausgeschaltet hatte, blieb er noch ein paar Augenblicke gedankenleer sitzen, bis er sich einen Ruck gab und aus dem Wagen stieg.

Im Restaurant suchte er sich einen Platz an der Fensterfront, von wo er sein Auto im Auge behalten konnte, und studierte die Speise- und Getränkekarte. Als die Bedienung zu ihm kam, eine Frau in seinem Alter, wollte er seine Bestellung aufgeben, als sie ihm zuvorkam: „Können Sie nicht etwas näher am Tresen sitzen, damit mein Weg zu ihnen nicht so weit ist. Drüben sind noch einige Tisch völlig frei." Sie sagte es in einem sachlichen Ton, so dass er fast bereit war, auf ihren Wunsch einzugehen. Doch dann, nach einer kurzen Pause, bestellte er sich Saft und einen kleinen Imbiss, ohne auf ihre Frage einzugehen.

Sie blieb noch einen Augenblick lang vor ihm stehen, wandte sich dann aber um und es dauerte nicht allzu lange, bis sie mit einem gefüllten Tablett zurückkam. Er dankte wortlos und vermied es, ihr in die Augen zu sehen.

Zwei Tage nach diesem Abend hatte er Sariah angerufen, länger hatte er nicht warten können. Jetzt erst erfuhr er, dass sie als wissenschaftliche Mitarbeiterin an einer Uni im benachbarten Bundesland arbeitete. Bei diesem und in folgenden Telefongesprächen erzählte sie ihm nur wenig von sich, aber er bemerkte, dass sie mit Engagement von dem Projekt erzählte, an dem sie gerade arbeitete. Soweit er verstand, handelte es sich um Organisationsformen von Dienstleistungsunternehmen, die verglichen werden sollten. Ihre Aufgabe bestand in der Ausarbeitung eines ersten Projektentwurfes.

Er hätte ihr gerne von seiner eigenen Arbeit erzählt, aber danach fragte sie nicht und er wollte vermeiden, ihr mit seiner gehobenen Stellung und dem entsprechend hohen Gehalt Eindruck zu machen. Sie würde ihn jünger schätzen, als er war, und dem wollte er nicht durch äußere Attribute von Wohlstand widersprechen.

Nach dem Essen ließ er sich noch einen Espresso bringen und bezahlte sofort, wobei er mehr als das übliche Trinkgeld gab. Mit einem Nicken bedankte sich die Kellnerin und bedachte ihn mit einem nachdenklichen Blick, den er nicht ignorieren konnte.

Das Kaffeetässchen leerte er mit einem großen Schluck, suchte die Toilette auf und verließ die Raststätte. Als er losfuhr, sah er, dass er seine Pause länger als gedacht ausgedehnt hatte, und fuhr mit erhöhtem Tempo weiter.

Die drei Wochen nach ihrem Zusammentreffen waren rasch vorübergegangen und während dieser Zeit war es ihm gelungen, sie alle drei, vier Tage anzurufen und mit ihr zu sprechen. Und erst beim letzten Anruf hatte er sie gefragt, ob er sie besuchen könne, er wisse fast schon nicht mehr, wie sie aussehe. Sie hatte gelacht und gemeint, sie könne ihm gern ein Foto von sich zuschicken, wenn es das sei, was er brauche. Er hatte sie seine Verärgerung nicht merken lassen, sondern erwidert, es bräuchte einen ganzen Film, da würde er sie lieber selbst in Augenschein nehmen.

Sie hatte nicht sofort darauf geantwortet und ihm wurde in diesem Augenblick klar, wie unpassend seine Wortwahl gewesen war. „Entschuldige, Sariah, ich wollte sagen, ich muss dich unbedingt sehen, muss sehen, wie du lebst, wie du wohnst. Ich möchte wieder einmal mit dir tanzen, so halt." Es hatte ihn nicht wenig Überredungskunst gekostet, bis sie einem Besuch zustimmte. Sie sei sehr beschäftigt, der Projektentwurf müsse über das Wochenende fertig werden. Sie werde nicht allzu viel Zeit für ihn haben.

Sie hatten sich darauf geeinigt, dass er erst Samstagnachmittag käme statt Freitagabend und er hatte zugestimmt, dass sie auf jeden Fall ihren Entwurf fertigstellen müsse. Vielleicht kann ich ja Korrekturlesen, hatte er geantwortet. Aber dann hatte sie sofort gefragt, ob er etwas von der Materie verstehe, was er ehrlicherweise verneinte.

Es war ein unscheinbares Haus in einer ruhigen Wohngegend, vor dem er anhielt. Seine Reisetasche ließ er im Wagen liegen und ging langsam den kurzen Weg durch den Vorgarten zur Haustür. Es waren mehrere Klingeln angebracht, eine davon offenbar überklebt mit dem Namen Sariah. Er lächelte, aber es war auch ein Moment der Verärgerung, die er rasch wieder von sich wies. Auf sein Läuten summte der Türöffner und er stieg rasch die Stufen des Treppenhauses hinauf. Von oben hörte er sie rufen, er solle bis ganz hoch kommen.

Sie erwartete ihn an der Wohnungstür, ihn musternd, als ob sie ihn erst wiedererkennen müsste. Er blieb vor ihr stehen, unschlüssig, wie er sie begrüßen sollte, bis sie auf ihn zukam und sie Wangenküsse austauschten. Sie ging vor ihm zur

Küche und er sah ihre bloßen Füße, das knielange hellblaue Kleid, das sie trug, und dass sie offenbar nur flüchtig frisiert war. Sie begann, Kaffee zu kochen – „du trinkst sicherlich einen, setz dich doch" – und stellte zwei Tassen auf den kleinen Esstisch. Er bat, nach der Fahrt noch etwas stehen zu dürfen, und schaute ihr zu, wie sie Kekse aus der Verpackung nahm, sie in ein Schüsselchen gleiten ließ und zu den Kaffeetassen stellte. „Eigentlich habe ich dir, das heißt uns, was mitgebracht, ich hole es später." Sie schaute ihn an und nickte zustimmend. „Milch, Zucker?" Er schüttelte den Kopf: „Am liebsten schwarz."

Als die Kaffeekanne gefüllt war, meinte sie, im kleinen Wohnzimmer sei es gemütlicher. Sie stellte Tassen und Kanne auf ein Tablett und ging voraus. Mit einem Seitenblick sah er in ihr Arbeitszimmer, wo der PC aufgeklappt auf dem Schreibtisch stand. Während sie sich in einen mit einem Fell bedeckten Rattan Sessel setzte, wies sie auf das Sofa, das mit seinen hölzernen Armlehnen und den bunten Zierkissen recht einladend aussah. „Ich liebe es, meine verstorbene Großmutter hat es mir vermacht." Bevor er sich setzte, füllte er die Tassen und reichte ihr eine davon. „Auch schwarz", bemerkte er und sie grinste: „Immer. Morgens, mittags, abends, nachts."

Wieder blickte sie ihn an und er suchte nach den rechten Worten, um nicht von vornherein alles zu verderben. „Du bist noch voll bei deiner Arbeit?" Als sie wortlos zustimmte, fuhr er zögernd fort: „Wirst du's schaffen, bis Montag, meine ich?" Jetzt nickte sie heftig: „Ich muss es schaffen!" Sie runzelte die Stirn, als ob sie es mit einem schwierigen Gegner zu tun hätte. Wieder suchte er nach Worten. „Und wie sieht deine

Planung aus, deine Zeitplanung meine ich, für heute zumindest?"

Sie atmete tief durch, bevor sie antwortete: „Auf jeden Fall heute noch drei, vier Stunden arbeiten, dann mal sehen." Er schaute auf die Uhr, es war halb drei. Wieder nickte sie zur eigenen Bestätigung und sie schwiegen eine ganze Zeit lang, bis er schließlich, möglichst wie nebenbei, fortsetzte: „Wir könnten zwischendrin ja was essen, essen gehen, meine ich." Sie blickte ihn ablehnend an: „Wenn ich was esse, werde ich müde und dann kann ich nicht mehr arbeiten."

Er schwankte zwischen Ärger und Ratlosigkeit, bis sie plötzlich sagte: „Du gehst irgendwann essen, wenn du hungrig bist, und ich arbeite in der Zwischenzeit einfach weiter. Und dann, wenn ich soweit bin, bist du ja längst wieder zurück."

Sie machte Anstalten aufzustehen und er blickte noch einmal auf die Uhr. „Wann, meinst du, bist du soweit?" Sie war schon auf den Füßen und auf dem Weg zum Arbeitszimmer, als sie erwiderte: „Wie gesagt, in drei, vier Stunden."

Wenn sie jetzt die Tür hinter sich schließt, gehe ich wieder, dachte er. Aber das tat sie nicht, so dass er, im Türrahmen stehend, sagte: „Ich könnte auch was kochen für uns, für später, wenn du fertig bist. - Wenn du magst." Sie sortierte ihre Papiere und erwiderte, als sie geordnet vor ihr lagen: „Mir ist alles recht. Schau mal in den Kühlschrank! Oder, noch besser: Kauf einfach, was du zum Kochen brauchst. Der Hausschlüssel hängt neben der Tür, bei der Garderobe." Sie lächelte ihn an, als habe sie ihm etwas besonders Schönes gesagt. Und er konnte nicht anders, als ihr Lächeln zu erwidern, und hätte sie gerne geküsst. Doch da hatte sie sich schon wieder ihrem PC zugewandt und ihr Besucher schien für sie nicht mehr vorhanden zu sein.

Als er auf der Straße stand, war er unschlüssig, was er tun sollte. Ich bin ein Idiot, dachte er. Doch dann machte sich auf, um den nächsten Supermarkt zu finden. Erst nach ein paar Schritten fiel ihm ein, dass er sie nicht gefragt hatte, wohin er gehen müsse. Er kehrte zu seinem Wagen zurück, schaltete das Navi ein und fuhr los.

Mit seinem Einkaufswagen trödelte er zwischen den Regalen hindurch in der Hoffnung, etwas zu finden, was ihr schmecken könnte. Sie war bestimmt keine Fleischesserin, jedenfalls konnte es nicht schaden, vegetarisch einzukaufen. Er sammelte die Zutaten für einen gemischten Salat und entschied sich für eine vegetarische Pizza. Auf dem Weg zum Auto fiel sein Blick auf einen Blumenladen und er erinnerte sich an die Pflanzen, die Sariah in ihrer Wohnung hatte. Allerdings waren es keine Blumen und so kaufte er jetzt welche.

Sie saß nicht am Schreibtisch, als er nach ihr schaute. So stellte er die Nahrungsmittel und die Flasche Wein, die er aus dem Auto geholt hatte, auf den Küchentisch, suchte eine Vase und gab den Strauß hinein. Im Wohnzimmer konnte er Sariah auch nicht finden und so begann er, Salat und Gemüse zu waschen.

Plötzlich stand sie in der Tür, gähnte und streckte sich. Die Haare hingen ihr um den Kopf und er konnte nicht anders, als auf sie zuzugehen, um sie zu umarmen. „Du schaust so hübsch aus, so schön verwirrt um den Kopf." Sie stutzte einen Moment und sagte dann: „Ich hätte gedacht, du bevorzugst jemand Gestyltes, mit perfektem Makeup, sozusagen." Er ließ die ausgebreiteten Arme sinken und wusste nichts Kluges zu erwidern. Jetzt lachte sie und fiel ihm um den Hals.

Als sie abrupt losließ und einen Schreckenslaut von sich gab, schrak auch er zusammen. Er öffnete die Augen und sah nur noch, wie sie zu ihrem Arbeitszimmer lief. „Was ist?", rief er ihr nach. „Ich hab' vollkommen verschlafen, es ist ja schon so spät geworden! Ich muss arbeiten!"

Nachdem er mit ihr ausgemacht hatte, dass er das Essen vorbereiten würde, ließ er sie vor ihrem Computer sitzen, öffnete die Flasche Wein und goss sich etwas davon in ein Wasserglas. Nach einigem Suchen fand er Schüssel und Küchenmesser und machte sich daran, die verschiedenen Zutaten für den Salat zusammenzustellen, wie er ihn vom Griechen kannte. Weil er Tomaten vergessen hatte, fuhr er noch einmal los. Als er zurückgekehrt war, hörte er noch immer Tasten klappern.

Er schob die Pizza in den Ofen, nicht ohne zu fragen, ob sie in einer halben Stunde eine Pause machen wolle. Von der Tür aus sah er, wie sie nickte, und kehrte wieder in die Küche zurück. Als der Tisch gedeckt und die Pizza heiß und knusprig geworden war, rief er nach ihr. „Komme gleich!", war die Antwort und so teilte er die Pizza in Achtel und füllte die Salatschüsselchen. Dann dachte er daran, für sie noch einen Kaffee zu kochen. Er würde beim Wein bleiben. Als sie noch immer nicht in der Küche erschienen war, ging er wieder hinüber zu ihr und trat neben sie.

Noch einige Male tippte sie in die Tasten, um dann aufzublicken und zu fragen: „Was ist los? Ich muss mich konzentrieren." „Das Essen ist soweit", erwiderte er und wies zur Küche. „Ich habe einen Griechischen Salat gemacht und es gibt Pizza dazu, wenn du magst.“

Wieder sah er die Falte an ihrer Nasenwurzel. „Wolltest du nicht etwas kochen? War das nicht so?“ Er zeigte ihr ein bedauerndes Gesicht und meinte nur: „Ich bin nicht der beste Koch. Aber was da ist, wird dir schmecken. Du kannst ja nachher weiterarbeiten.“

Sie aß mit größtem Appetit, wie er befriedigt feststellte, allerdings nur vom Salat. Pizza mochte sie nicht, sie habe sich eine Zeit lang nur von Pizzen ernährt, seitdem könne sie keine mehr essen. „Riechen geht gerade noch, aber essen: never!“ „Es gibt noch Kaffee, soll ich dir einschenken?“ Sie hielt ihm ihre Tasse hin und er hätte sie fast zu vollgefüllt, weil er die Gelegenheit nutzte, ihr in die Augen zu sehen.

Er hatte sich in die graugrünen Augen verliebt mit den schmalen Bögen der Augenbrauen darüber, in ihren Locken-kopf mit der makellosen Nase und einem Mund, den er sich nur etwas geschminkt gewünscht hätte. Sie hielt seinem Blick stand, auch während sie trank, stellte dann die Tasse auf dem Tisch ab und sagte schließlich: „Ich will dich Marian nennen. Hast du etwas dagegen?“ „Marian“, wiederholte er, „ja, warum nicht?“ „Der Name soll dir gefallen, er passt zu dir.“ Stumm stimmte er ihr zu und ein feines Lächeln huschte über ihr Gesicht.

„Weißt du, ich hatte einen Bruder, der hieß Marian, ich hatte ihn sehr lieb.“ Sie verstummte und er konnte nur abwarten, bis sie fortfuhr. „Mit fünfzehn Jahren hatte er einen Unfall mit dem Moped, vor ungefähr zehn Jahren.“ „Marian“, sagte sie noch einmal leise vor sich hin.

Jetzt griff er zu seinem Glas und trank es langsam leer. „Noch einen Kaffee?" Sie hielt ihm wieder die Tasse hin und mit einem „Weiter geht's" ging sie zum Schreibtisch.

Kurz entschlossen lief er ihr nach: „Hör mal, können wir nicht aufhören mit diesem blöden Namensspiel? Ich heiße Carlo und du, wie heißt du wirklich?" Sie drehte ihren Sessel zu ihm um und schaute ihn freundlich, aber fragend an: „Carlotta. Aber findest du das nicht ein bisschen peinlich – Carlo und Carlotta?"

Es war Carlo, der zuerst zu lachen begann und dann konnte auch Carlotta nicht anders als kopfschüttelnd ebenso loszulachen. „Carlo und Carlotta – ich fass' es nicht." Er schüttelte den Kopf und grinste: „Dann meinetwegen ein anderer Name auch für mich, aber bitte nicht den deines Bruders, das wirst du verstehen." „Dann such dir selbst einen aus, einen, der zu Sariah passt am besten."

Während sie sich an ihre Arbeit machte, inspizierte Carlo das Bücherregal, das eine ganze Wandbreite des Wohnzimmers einnahm. Neben vielen Titeln, die anscheinend von Frauen für Frauen geschrieben waren, fand er auch ein paar Kriminalromane und entschied für einen von ihnen.

Der Roman war spannend und deshalb war er überrascht, dass es schon Abend und dämmrig geworden war, als er ihn beendet hatte. Er nahm noch einen Schluck Wein und schaute dann nach Carlotta. Sie arbeitete nach wie vor, offenbar von Musik aus Kopfhörern begleitet. Er stellte sich neben ihren Schreibtisch, so dass sie ihn bemerkte und die Hörer herunternahm. „Was gibt's?", fragte sie. „Es ist spät, du warst ganz schön fleißig. Ich könnte nicht so lange konzentriert arbeiten." Ihre Hände ruhten noch immer auf der

Computertastatur. „Schenkst du mir bitte noch einen Kaffee ein? Das wäre sehr nett."

Sie nahm einen Schluck und stand auf: „Weißt du, ich arbeite noch ein bisschen weiter. Ich zeig' dir Bad und Schlafzimmer und komme später nach." Bevor sie sich wieder an den Schreibtisch setzte, umarmte sie ihn und sagte: „Schön, dass du gekommen bist. Ich freue mich wirklich." Sie küsste ihn und winkte ihm mit den Fingerspitzen, ehe sie sich umwandte und in ihrem Arbeitszimmer verschwand.

Carlo schnappte sich die Weinflasche und sein Glas und brachte beides, zusammen mit einem weiteren Buch, ins Schlafzimmer. Nach dem Besuch im Bad setzte er sich ins Bett, las weiter und nahm zwischendurch immer wieder einmal einen Schluck Wein.

***

Als er am nächsten Morgen erwachte, stellte er fest, dass neben ihm das Bett leer war. Nachdenklich verschränkte er die Hände unter dem Kopf und blickte hinaus, wo das Morgenlicht die Blätter des nahen Baumes glänzen und glitzern ließ. Jetzt spürte er die leichten Kopfschmerzen, stand seufzend auf und zog sich Hose und T-Shirt an. Carlotta fand er schlafend auf dem Sofa liegend, die Beine eng an den Leib gezogen, denn zum Ausstrecken war das Sofa zu kurz.

Er ging in die Küche, um frischen Kaffee zu kochen, und suchte nach etwas, das ein Frühstück ergeben könnte. Wieder stand sie plötzlich unter der Tür. Sie rieb sich die Augen, setzte sich an den Tisch und nahm dankend die Tasse Kaffee entgegen.

„Du hast fest geschlafen, als ich ins Schlafzimmer kam, und das ganze Bett in Anspruch genommen. Da wollte ich dich nicht wecken." Er erwiderte nichts, sondern setzte sich. Schweigend tranken sie beide, bis sie schließlich fortfuhr: „Ich hoffe, du hattest nicht auf mich gewartet gestern Abend." Er lächelte schwach und erwiderte nach einer kleinen Pause: „Du hast hoffentlich deine Arbeit fertiggestellt."

Sie schüttelte den Kopf: „Aber heute werde ich bestimmt fertig damit." Sie stand auf und schaute in den Kühlschrank. „Tut mir leid, es ist kaum mehr was zu essen da. Bist du sehr hungrig?"

Als er vom Bahnhof zurückgekehrt war, wo er Brötchen, Butter und Aufstriche gekauft hatte, setzten sie sich noch einmal zusammen hin, um zu frühstücken. „Ich glaube, du hast dir das Wochenende etwas anders vorgestellt." Fragend schaute sie ihn an und er bestätigte ihre Vermutung. „Ich hatte ja gehofft, dass ich schneller fertig werde, aber es ging einfach nicht, verstehst du?"

Er verabschiedete sich bald danach und wünschte ihr viel Erfolg für ihre Arbeit. Sie war bis zur Haustür mitgekommen und küsste ihn zum Abschied. „Welchen Namen hast du dir denn ausgesucht?", rief sie ihm noch nach. Aber da stand er schon bei seinem Wagen und winkte ihr nur noch einmal zu.

Fluchtpunkt

Die Wege sind ausgetreten und hart, vor allem jetzt, wo der Sommer mit seiner Hitze die Wälder durchströmt, als sollten alle Wanderer aus ihnen vertrieben werden. Aber die Wege sind schon immer so gewesen, hart und spröde. Dabei ist es nur Erde, die in Jahren und Jahrzehnten festgestampft wurde, so dass hier Steine, dort Wurzeln freigelegt sind, über die man stolpert, wenn der Blick zwischen den Wipfeln der Bäume hängen bleibt.

Es führen Dutzende von Wegen hinauf zu dem gerundeten Gipfel, wo seit Jahrzehnten ein Aussichtsturm steht, von dem aus der Blick in die Ebene bis hinüber zum weit entfernten See gesogen wird, dann jedenfalls, wenn die Luft nach einem Regen wieder klar ist.

An manchen steileren Passagen sind hölzerne Stufen eingerichtet, deren Abstände meist zu groß sind, als dass sie mit einem Schritt bewältigt werden könnten. Der Rhythmus des Gehens wird durcheinandergebracht, man hat das Gefühl, wieder gehen lernen zu müssen, ohne dass dieses Bemühen erfolgreich wäre.

Auch die kleinsten Pfade sind ausgetreten, es wird auf Jahrzehnte hin nichts Grünes auf ihnen wachsen. Noch nicht einmal die Ameisen überqueren sie, so karg und leer sind sie, Wüsten im Kleinen. Aber auch hier Stolpersteine, Stolper-wurzeln, die einen demütig zu Boden blicken lassen.

Und kommt einem jemand entgegen, drängt man sich zur Seite, schaut am besten dem Gegenüber nicht in die Augen. Oder man geht einfach weiter, als ob da niemand wäre, und passiert grußlos den Wartenden, froh des kleinen Sieges.

Zum Gipfel hin werden die Wege meist breiter, warum auch immer. Der Kiefernwald hat sich hier etwas gelichtet, mageres Unterholz und Gras zwischen den Wegen. Aber man hat nicht das Gefühl, einen Gipfel erreicht zu haben, solange man nicht den Aussichtsturm bestiegen hat oder wenigstens hinter dem Geländer steht an der Steilwand mit dem Blick hinunter auf die Ebene.

Er geht häufig diese Wege hinauf, manchmal zwei Mal täglich. Er kennt sie alle, auch die kleinen, unbedeutenden, wenig begangenen. Er fühlt, wie er mit seinem Gewicht dazu beiträgt, die Wege noch mehr zu befestigen, zu verhärten, und es macht ihm eine grimmige Freude, mit festem Schritt hinauf zu marschieren. Wenn er oben angelangt ist, atmet er kräftig durch und findet es wohltuend, sich ein wenig verausgabt zu haben. Er spürt den eigenen Atem, er ist ganz bei sich und dann hat der Blick in die Ebene hinunter etwas von seinem Sog verloren.

Zusammen standen sie oft hier. Sie hielt sich immer am Geländer fest. Und wenn er daran rüttelte, erschrak sie, schrie auf und schämte sich für ihren Schreck. Dann standen sie noch eine Weile da, er legte den Arm über ihre Schulter und sie fühlte sich beschützt.

Es hatte lange gedauert, bis sie sich auf die Plattform des Turmes wagte. Zwar war sie fröhlich wie ein Kind die Wendeltreppe auf und ab gelaufen, doch erst, als er schließlich das Rütteln gelassen und ihr versprochen hatte, es nie mehr zu tun, war sie mitgegangen. Oben hatte sie keinerlei Furcht mehr gezeigt, wobei sie sich allerdings immer ein Stück von der Abgrenzung entfernt hielt. Er hatte sich gehütet, sie zu drängen hinunterzuschauen. Sie wäre, dachte er sich, vor Angst schier gestorben. Jetzt, beim ersten Mal ganz oben, drehte sie sich wie auf der Tanzfläche, ließ sich den Wind durch die Haare wehen und er erkannte mit einem Mal, dass sie ihn eines Tages verlassen würde, so wie ein Schmetterling, der ungebührlich lange auf einer Blüte sitzt, um unvermutet davonzufliegen.

Wenn er die Augen verengte, vermochte er manchmal vom Turm aus den See in der Ferne zu erkennen. Oder vermuten konnte er ihn im Flimmern über dem Land. Aber er schätzte dieses Diesige nicht, bei dem sich alles Geformte auflöste und nur noch Farben übrigblieben. Deshalb liebte er den Regen, der die Dinge in all ihrer Klarheit zutage treten ließ, auch das Unschöne, das Hässliche.

Er dachte an ihre Kleider; immer trug sie Kleider, nie Hosen, höchstens Röcke. So schien sie ihm – und nicht nur ihm – wie aus der Zeit gefallen. Es waren Kleider, Schnitte und Muster, die wohl vor 40, 50 Jahren in Mode gewesen sein mochten. Kleider mit Blumen darauf oder vielen Farben, die ineinander verwoben waren und seltsame Muster ergaben. Kleider, die bis über die Knie reichten, viele Falten hatten oder sogar Rüschen.

Wenn er sie darin musterte, lachte sie nur und drehte sich wie eine Puppe, so dass es nur so wallte und wogte. Und dann wurde sie keck und sagte ihm, wie langweilig sie seine Hosen und Hemden fand, die nie auch nur das kleinste Muster trugen. Sie hatte es nicht oft gesagt, vielleicht zwei, drei Mal und gleich darauf hatte sie ihn geküsst, um sich zu entschuldigen.

Manchmal hatte er absichtlich die ausgetretenen Wege verlassen und sie durchs Unterholz geführt, um ihr zu zeigen, wie unpassend ihre Kleidung war. Doch sie war ihm unbekümmert gefolgt, hatte ihr Kleid zusammengerafft und wenn es geschah, dass es von den Dornen zerrissen wurde, hatte sie nur gelacht. Dafür war, da konnte er sicher sein, in den nächsten Tagen ein anderes Kleid im Kasten und er war jedes Mal verwundert, wie schnell sie es aufgetrieben hatte. Sie war aber auch andauernd auf Flohmärkten unterwegs und hatte ihm am Anfang sogar Hemden mitgebracht, die ihr, aber nicht ihm gefielen. Er kam sich lächerlich vor in den gemusterten Hemden und Hosen, ein Clown wäre ein passenderer Träger als er gewesen.

Ein anderes Mal waren sie zu zweit unterwegs gewesen und er hatte sie gebeten voranzugehen, was sie eigentlich gar nicht gerne tat. Doch sie hatte nachgegeben und suchte sich zu erinnern, auf welchen Wegen sie zum Gipfel gekommen waren. Manchmal mussten sie umdrehen, wenn sie merkte, dass der Weg sie wieder ins Tal, zum Ort führen würde. Dann entschuldigte sie sich mit einem Lächeln und versuchte, schneller ausschreitend, den Zeitverlust wieder wettzumachen. Er folgte ihr wortlos, aber er wunderte sich, wie man es überhaupt fertigbringen konnte, den Weg zum Gipfel nicht mühelos zu finden.

**

An manchen Tagen war es sehr einsam oben am Turm, obwohl direkt daneben eine kleine Gastwirtschaft den Ausflüglern bescheidene Angebote machte. Denn montags war Ruhetag und für Stunden war dann von den Pächtern nichts zu hören und zu sehen. Sie hatten sich selten dort niedergelassen, höchstens um ein Getränk zu sich zu nehmen, wenn es wirklich einmal brütend heiß gewesen war. Meist hatten sie etwas zu trinken mitgenommen, vielleicht auch eine Jause, die sie auf der Bank mit dem Blick hinunter auf die Ebene verzehrten.

Aber die Ausflüge dort hinauf, zusammen mit ihr, waren seltener geworden. Sie hatte ihm stets einen Grund für ihr Zurückbleiben genannt, Migräne, bleierne Müdigkeit, ein schmerzendes Fußgelenk, so etwas. Und dann war er allein losgezogen, hatte im Gehen darüber nachgedacht, ob der Zeitpunkt schon nahe sein könnte, wo sie ihn verlassen würde. Oben angekommen, schaute er wie immer in die Ferne, die – wie meistens – in dunstiger Verschwommenheit lag. Und so drehte er sich um, blickte den schlanken, aber doch stämmigen Bau des Turmes hinauf in einen Himmel, der bald erstaunlich nah, bald wiederum unfassbar weit entfernt zu sein schien.

Nach einer Weile musste er den Kopf senken, denn sein Genick schmerzte. Er setzte sich auf die Bank und musterte das eiserne Geländer vor ihm. Dessen rote Farbe war schon längst abgeblättert, es war unansehnlich geworden. Er stand auf, rüttelte daran und hörte ihren lautlosen Schrei. Ein leichtes Lächeln spannte seine Lippen und er setzte sich auf das Geländer, schaute unter sich, wo das Gelände steil über ein Dutzend oder mehr Meter abfiel bis zu einem kleinen Felsplateau, wo sich etwas Moos angesammelt hatte. Immer noch lag der See hinter einem luftfeuchten Schleier und er fragte sich, warum er, warum sie beide nicht schon längst einmal dorthin gefahren waren.

65

Die Stimmen von Kindern, die – wohl mit ihren Eltern – den Berg heraufkamen, holten ihn aus seiner Versonnenheit und er stieg vom Geländer herunter, um den Kleinen kein schlechtes Vorbild zu sein. Ja, er machte sie sogar, als sie gesprungen kamen, auf die Gefährlichkeit des Abhanges aufmerksam und begann erst den Rückweg, als die Eltern in Sichtweite gekommen waren. Kurz hielt er noch einmal inne und entschied sich dann für einen der schmaleren Pfade hinab in den Ort. Nach ein paar Schritten schloss er die Augen und marschierte so weiter, seinen Füßen, seinem Gefühl und seiner Erinnerung vertrauend. Und wie seine Hände ein Klavierstück, tausendmal gespielt, von allein spielen konnten, so fanden seine Beine den Weg hinunter, bis er die Schottersteine, die ihm die Fahrstraße anzeigten, unter seinen Füßen spürte.

Als er die Wohnung betrat, kam sie ihm entgegen, küsste ihn und sagte, sie werde beim nächsten Mal auf jeden Fall wieder mitkommen, hinauf, auf welchem Weg auch immer. Sie lachte und er wusste nicht, warum. Er erzählte von der Idee, einmal wieder an den See zu fahren, vielleicht sogar schwimmen zu gehen, wenn es das Wetter erlaube. Nach kurzem Zögern stimmte sie zu, aber sie kamen überein, die Sache erst einmal noch etwas offen zu lassen.

***

Es war in der folgenden Woche, dass sie sich wieder entschuldigte, nicht mitkommen zu können. Eine Müdigkeit habe sie überkommen, sie wisse selbst nicht, warum. Er versuchte nicht, sie zum Mitgehen zu überreden, empfahl ihr nur, sich hinzulegen und einfach die Augen zu schließen; sie sehe tatsächlich sehr müde aus.

Erst in dem Augenblick, als er die Haustür hinter sich schloss, wusste er plötzlich, was zu tun war. Er nahm den gewohnten Weg, bis er aus der Sichtweite des Hauses gekommen war, ging um den Häuserblock herum und kehrte von der anderen Seite, sich dicht an den Hauswänden haltend, in die Nähe der Wohnung zurück. Sie lag am Anfang der Fußgängerzone, wo die Geschäfte ihre Waren vor den Schaufenstern aufgestellt hatten und die Passanten mehr oder weniger eilig unterwegs waren. Nicht länger als eine halbe Stunde wollte er warten, dann aber auf jeden Fall aufbrechen und den gewohnten Weg hinauf zum Turm einschlagen. Beim Warten versuchte er, nicht an sie zu denken, sondern konzentrierte sich auf die Menschen, die an ihm vorbeitrieben. Es fiel ihm auf, wie wenige von ihnen ein Empfinden für ihre Füße, für ihr Gehen zu haben schienen. Wie Marionetten gingen sie des Weges, ohne Bewusstsein für das, was unter ihnen lag und ihnen in der Tat die Grundlage ihrer Existenz bot.

Dann sah er sie aus dem Haus treten, sie schaute sich um und er fürchtete, sie habe ihn entdeckt. Doch sie blieb weiterhin zögernd stehen, als wisse sie noch nicht, wohin sie sich wenden wolle. Endlich ging sie langsam die Fußgängerzone entlang, so dass er ihr in gehörigem Abstand ohne Schwierig-keiten folgen konnte. Eine große Ruhe hatte ihn erfasst, um keinen Deut hatte sich sein Herzschlag beschleunigt. Er ging ihr nach und bemerkte, wie sie allmählich rascher ausschritt, in die Mitte der Straße wechselte, um dort leichter voranzukommen. Sie nahm den Weg zum kleinen Stadtpark, schritt eilig an den Blumenrabatten vorbei, um schließlich das

Café zu erreichen, das an den Teich grenzte, wo eine nicht geringe Zahl von Enten auf dem Wasser schaukelte. Sie nahm an einem freien Tisch Platz und bestellte sich etwas bei der herbeieilenden Kellnerin.

Um einen besseren Beobachtungsplatz zu finden, kehrte er ein Stück des Weges zurück und postierte sich schließlich im Schatten einer Trauerweide, deren herabhängende Äste ihn gut verbargen. Er sah sie nun von hinten, den schwarzen Haarschopf und das rot geblümte Kleid, zu dem sie immer auch die roten Schuhe trug, auch wenn diese schon völlig aus der Form geraten waren. Nun konnte er nicht anders als zu überlegen, was sie hierhergeführt hatte. Er fühlte keinen Ärger über ihre Schwindelei, doch er fragte sich, wofür sie früher ihre Ausreden gebraucht hatte. Sie streifte doch auch sonst häufig ohne ihn durch die Stadt, wenn sie die Secondhand – Läden durchforschte.

Als er sich wieder auf sie konzentrierte, bemerkte er, dass ein Mann an ihrem Tisch Platz genommen hatte. Sie schienen im Gespräch zu sein, sie bewegte sich lebhaft beim Reden und wandte den Blick nicht von ihrem Gegenüber, wenn sie zuhörte. Ob sie sich küssen würden, fragte er sich. Aber er würde wohl abwarten müssen, wie sie sich voneinander verabschiedeten.

Etwas streifte um seine Beine herum und als er hinuntersah, bemerkte er ein handtaschengroßes Hündchen, das an seinen Hosen und Schuhen schnupperte. Er sah der langen Leine entlang, bis er die Besitzerin des Hündchens in seiner Nähe entdeckte. Sie war gerade damit beschäftigt, ihr Mobiltelefon zu bearbeiten. Mit ihren langen schlanken Beinen und der mageren Gestalt passte sie gut zu dem winzigen dürren Tierchen, dessen Rippen unter dem struppigen Fell zu erkennen waren. Er hätte sich am liebsten den Spaß erlaubt, den Kleinen auf einen Ast zu setzen, um ihn wieder loszuwerden. Doch in diesem Augenblick entdeckte die junge Frau ihr Hündchen und zog es an der Leine zu sich zurück, während sie ihm entschuldigend zuwinkte.

Er wandte sich wieder um und sah, dass der junge Mann ihren Tisch verlassen hatte und davonging, ohne sich zu ihr umzudrehen. Eine Weile noch saß sie da, hatte sich ein wenig umgewendet, um auf den Teich blicken zu können. Dann stand sie auf und machte sich, wie er bald feststellen konnte, auf den Heimweg. Diesmal schlenderte sie an den Schaufenstern vorbei, blieb hier und da stehen, um schließlich an ihrem Haus anzukommen, das er sie betreten sah.

Nach einem Blick auf seine Uhr drehte er um und ging zu demselben Platz, auf dem sie kaum zwanzig Minuten zuvor gesessen hatte. Jeden Vorbeigehenden musterte er genau, doch der junge Mann war nicht dabei. So lange blieb er bei einem Kaffee sitzen, wie sein Weg zum Turm und zurück gedauert hätte.

Auf dem Nachhauseweg kaufte er Gemüse für das Abendessen ein, denn Kochen war etwas, was sie beide gerne und gerne auch gemeinsam taten. Ohne sofort nach ihr zu schauen, ging er in die Küche, wo er mit den Vorbereitungen begann. Es dauerte nicht lange, bis sie hereinkam, barfuß, im Sommerkleid mit einem tiefen Ausschnitt. Sie küsste ihn auf den Nacken und griff sich dann eine der Paprikaschoten, um sie zu waschen und zu zerkleinern. „Wie war die Aussicht heute?", fragte sie, „dunstig oder klar?" Er arbeitete weiter am Waschen der Reisportion und antwortete, ohne sich zu ihr zu wenden: „So wie meistens, diesig." Bevor er weitersprach, schüttete er den Reis in den Topf. „Und du, geht es dir besser?" Er spürte ihre Hände um seine Hüften, während sie erwiderte: „Gut, das heißt: viel besser. Ich bin dir dankbar, dass ich diese Zeit für mich hatte." Sie küsste ihn noch einmal auf den Nacken und still arbeiteten sie weiter, denn ohne sich zu verständigen wussten sie, was zu tun war.

Er erinnerte sich oft an diese Situation, dieses kurze Gespräch, und konnte auch jetzt noch immer die Küsse in seinem Nacken spüren, wenn er daran dachte. Seltsamerweise hatte er sich aber das Datum dieses Tages nicht gemerkt, überhaupt war ihm in den folgenden Tagen das Zeitgefühl durcheinandergeraten und jetzt, im Nachhinein, verwoben sich die Ereignisse, so dass er Mühe hatte, eine sinnhafte Abfolge aus ihnen zusammenzustellen.

***

Einmal war er losgegangen, ohne sie erst zu fragen, ob sie mitkommen wolle. Er war den Berg hinaufgestürmt, hatte, wo immer es möglich war, die Falllinie gesucht und sich durchs Unterholz gekämpft. Eine unerklärliche Wut hatte ihn befallen, die er bezwang, indem er sich den schwierigsten Weg aussuchte, einen, den er noch nie gegangen war, denn es gab ihn ja eigentlich nicht. Ohne stehenzubleiben, hastete er auch die Stufen des Turmes hinauf und kam erst nach einigen Minuten schweren Atmens oben zur Ruhe. Er mied den Blick nach Osten, dorthin, wo der See lag, den er in der Ferne wahrscheinlich nicht ausmachen konnte. Im Süden sah er die

Gipfel der Ausläufer der Alpen, im Westen die Wälder des Wiener Waldes mit ihren kleineren und größeren Hügeln.

Irgendwann hatte er sie gefragt, ob sie ihn überhaupt noch begleiten wolle, hinauf auf den Berg. Zunächst hatte sie heftig zugestimmt, doch als er noch einmal nachfragte und auf Ehrlichkeit bestand, hatte sie gelächelt und erwidert, vielleicht sei sie doch mehr ein Stadtmensch und könne es gar nicht richtig wertschätzen, diese Wege immer wieder zu begehen. Er hatte genickt und seitdem, es konnte noch nicht so lange her sein, war er nur noch allein unterwegs gewesen. Wortlos waren sie übereingekommen, dem anderen das Weggehen nicht mehr anzukündigen, sondern nur noch Bescheid zu geben, wenn man das Haus verließ.

Sicher, sie unternahmen auch manches noch gemeinsam, vor allem abends, ins Kino oder essen gehen, manchmal auch eine Ausstellung besuchen. Konzerte mochten sie beide nicht, das Ambiente im Saal und alle die Besucher behagten ihnen nicht. Gemeinsame Freunde hatten sie nie gefunden. Überhaupt, das war ihnen von Anfang an klar, waren sie beide eher Einzelgänger, die sich nicht so leicht anderen öffnen konnten.

Nur in der Nacht waren sie uneingeschränkt füreinander da, wenn sie eine Weile nebeneinander gelegen hatten und Musik sie zusammenstimmte, die sie beide mochten. Sie ließen sich von ihr einhüllen wie von einer gemeinsamen Haut, die leicht und zart und wärmend ist. Dann brauchten sie keine Worte, nur die Rhythmen der vielstimmigen Orchesterwerke, dass sie zur rechten Zeit sich einander zuwenden konnten, einander fühlten, spürten. Und im gleichen Maß, wie sie zu sich selbst fand und zugleich sich ihm öffnete, vermochte er loszulassen, damit das Einfache geschah.

Jetzt, allein in der Wohnung, dachte er manchmal darüber nach, was sie eigentlich zusammengeführt hatte, was sie diese paar Monate zusammengehalten hatte. Er sah sie mit den vollen Tragetaschen, die gefüllt waren mit Kleidern, die sie auf dem Flohmarkt gekauft hatte. Nur dieses eine Mal war er dort gewesen, um nach einem Ersatz für seine kaputte Kaffeemaschine zu suchen. Eine neue hatte er sich nicht kaufen wollen; er suchte nach einem einfachen Modell, das nicht viele Funktionen zu haben brauchte.

Sie trug ihre beiden Taschen und war ihm wegen ihrer Kleidung aufgefallen, dem gelben Kleid mit den teilweise schon verblichenen Blüten darauf; außerdem trug sie einen enorm großen Strohhut, obwohl es gar nicht sonnig war. Und dann blieb sie bei einem Stand stehen, schaute auf die ausgestellten Kleider und Röcke; wollte offenbar den Stoff eines Kleidungsstückes prüfen, aber die plötzliche Bewegung ihrer Hand ließ die papierne Tragetasche reißen, so dass sich ihr Inhalt auf den Boden entleerte.

Er hatte sie dabei beobachtet und gesehen, wie sie versuchte, den Inhalt der kaputten Tasche in die andere zu stopfen. Doch durch ihr festes Drücken riss auch diese auseinander. Und dann hatte sie gelacht, laut gelacht, und die Menschen um sie herum lachten mit, hoben ihr die Kleidungsstücke auf und luden sie ihr auf die ausgestreckten Arme, so dass sie hinter dem Kleiderberg fast verschwand.

Jetzt erst war er auf sie zugegangen und hatte ihr angeboten, die Sachen in der großen Tragetasche zu verstauen, die er noch leer mit sich trug. Sie hatte, noch immer amüsiert über ihr Missgeschick, sofort zugestimmt und er hatte ihr die Tasche nachhause getragen, die sie in ihrer Wohnung leerte. Dann hatten sie sich noch in ein Café gesetzt und er hatte ihr zugehört, wie sie von ihren Flohmarkt – Abenteuern erzählte. Es stellte sich heraus, dass sie beide seit ihrer Kindheit in der Stadt lebten, dass sie sich vermutlich schon einmal als Schüler begegnet waren. Später, als sie ihm Fotos zeigte, hatte er sich daran erinnert. Es war eine Sportveranstaltung gewesen und sie war beim Sprint die letzte gewesen, weil sie einfach nur gejoggt war. Ja, daran erinnerte auch sie sich und er merkte, dass sie noch die gleiche Unbekümmertheit besaß wie damals, als sie auch das Gejohle der jugendlichen Zuschauer nicht aus der Ruhe brachte.

Nach seinem damaligen Wettbewerb hatte sie gar nicht gefragt und er zweifelte, ob sie sich daran erinnert hätte, dass er damals den Hochsprung gewonnen hatte. Nicht lange danach hatte er sich so verletzt, dass an intensiven Sport nicht mehr zu denken war. Zu klettern hatte er noch versucht, doch auch das hielten seine Sehnen nicht mehr aus. Und so war er aufs Wandern gekommen, für das er allerdings nur im Sommerurlaub Zeit hatte.

Nein, gestritten hatten sie nicht, nie. Sie war allzu bereit nachzugeben, wenn er etwas wollte, und er hütete sich, sie zu etwas zu überreden oder gar zu nötigen, von dem er – oft besser als sie selbst – wusste, dass dies schlechte Gefühle für sie beide zur Folge hatte. Die Freiräume, die sie sich von An-fang an gegeben hatten, waren immer größer geworden. Die gemeinsamen Unternehmungen führten meist nur noch ins Kino oder sie sahen sich zuhause einen Film an. Keiner von ihnen hatte Lust, auch nur ein Wort über den eigenen Job zu verlieren, dieses Thema war tabu. Und die häusliche Beschäftigung mit beruflichen Aufgaben konnten sie konsequent vermeiden.

Jetzt war es, als habe sie nie bei ihm in der Wohnung gelebt. Nichts von ihrem Besitz war mehr vorhanden und nur der eine kleine Fleck an der Küchenwand und die Farbtupfer auf dem Spiegel im Bad erinnerten ihn an sie.

Man hatte ihn befragt, nachdem sie einige Tage nicht bei ihrer Arbeitsstelle erschienen war. Seine Antworten waren vage geblieben, so dass man ihn zu einer Befragung auf das Polizeirevier holte. Ja, sie hatte bei ihm gelebt, die Fingerabdrücke bewiesen es, das leugne er nicht. Er habe eine Dienstreise machen müssen und als er zurückkam, sei sie verschwunden gewesen, ohne eine Nachricht oder irgendetwas hinterlassen zu haben. Ja, er habe die Wohnung gründlich gereinigt, habe aber nichts von ihr mehr vorgefunden, vielleicht noch ein gebrauchtes Papiertaschentuch. Er konnte nicht angeben, was sie mit all ihrer Kleidung gemacht habe; die vielen Kleiderbügel, die er nicht brauchte, habe er weggeworfen. Und die Fotos von ihr habe er nicht aufbewahren wollen, um nicht mehr ständig an sie denken zu müssen.

Er wusste wirklich nicht mehr, was geschehen war in den letzten Tagen, als sie noch dagewesen war. Nur ein Bild hatte er vor Augen: Sie saß auf dem rot-rostigen Geländer, lachte - und war dann plötzlich nicht mehr zu sehen.

Augenblicke

Die Straßenbahnlinie 2 führt vom Friedrich Engelsplatz nach Dornbach, wobei sie Karmeliterplatz, Schwedenplatz, Schwarzenbergplatz, Karlsplatz und den Burgring passiert. Sie ist eine der Wiener Linien, die auch von Touristen gerne benutzt wird, weil sie auf diese Weise eine preiswerte Fahrt vorbei an einigen der schönsten und bekanntesten Gebäude der Hauptstadt machen können. Dementsprechend voll sind die Wagen, so dass sich Leopold lange überlegt hatte, ob er seine Fahrten zum Büro wirklich mit der Straßenbahn durchführen sollte. Das Auto zu benutzen, kam nicht in Frage, die Busfahrt würde viel länger dauern und mit der U – Bahn wäre nur ein kleiner Teil des Weges zurückzulegen. Wenigstens war die Straßenbahn am Vormittag nicht so voll wie nachmittags, wo er manchmal ein ganzes Stück des Weges zu Fuß zurücklegte, wenn er sah, dass er im dichten Gedränge nur einen Stehplatz würde finden können. Außerdem tat es ihm gut, dass er nach der Arbeit ungestört seinen Gedanken nachhängen oder gedankenleer Fuß vor Fuß setzen konnte.

So versuchte er, wenn er die Straßenbahn benutzte, die ihn mit ihrem Rumpeln und Quietschen, dem ruckweise um die Kurven Fahren jedes Mal ärgerte, die Zeit zu nutzen und, wenn es die Umstände zuließen, die Mitmenschen zu beobachten bei dem, was sie während der Fahrt taten. Es gab nur wenige Buchleser unter ihnen, anders als in der U-Bahn. Die meisten schauten auf ihre Smartphones oder sie blickten interesselos aus dem Fenster. Diejenigen, die nur Stehplätze vorgefunden hatten, achteten darauf, keinem ihrer Nachbarn in die Augen zu blicken. War der Blick nach draußen verstellt, studierte man vielleicht die Tätowierung, die jemand am bloßen Unterarm sehen ließ, oder die Haarpracht, die der Dame vor einem über die Schultern fiel.

Leopold hatte es sich angewöhnt, beim Einsteigen darauf zu achten, welche seiner Zeitgenossen gerade dieselbe Straßenbahn benutzten wie er. Schien ihm jemand interessant zu sein, studierte er unauffällig dessen Äußeres und sein gesamtes Verhalten, das Mienenspiel eingeschlossen. Meist nahm er später Zusteigende kaum noch zur Kenntnis, sondern schloss die Augen und versuchte, sich einige der Anwesenden in Gedanken vorzustellen. Für ihn, der mit Grafik beruflich zu tun hatte, war es wie ein sportliches Training, das von Zeit zu Zeit, am besten aber regelmäßig, auszuführen war.

Die Fähigkeit zur perfekten Visualisierung hatte ihn dazu veranlasst, Grafik und Design zu studieren, und so hatte er sich nur noch die technischen Fertigkeiten seines Berufes aneignen müssen. In der Werbefirma, die ihn eingestellt hatte, glänzte er zwar bisweilen mit originellen Einfällen; doch seine Stärke war es, die Ideen anderer in kürzester Zeit grafisch umzusetzen. Denn zu seinem Erstaunen waren seine Kolleginnen und Kollegen zwar oft in der Lage, die absonderlichsten Ideen aus dem Ärmel zu schütteln, aber sie konnten sie weder verbal verständlich beschreiben noch mit einer Zeichnung oder auf dem Laptop optisch wiedergeben. Man hatte sich schon daran gewöhnt, dass Leopold nicht nur die eigenen Vorstellungen, sondern auch die der anderen mit außerordentlicher Treffsicherheit mit dem Farbstift oder in elektronischer Form darstellen konnte. So fehlte es ihm nicht an Anerkennung und Lob, aber er war in solchen Fällen nur der Ausführende, nicht der Initiierende. Doch nahm er seine Rolle gerne an, denn so war er ein gefragter Mann, der in der Firma unentbehrlich erschien.

Man kannte ihn als offenen und humorvollen Kollegen, der nie Intrigen schmiedete oder schlecht über jemanden redete.

Er galt als gutmütig, auch wenn er - selten zwar – hin und wieder spitze Bemerkungen fallen ließ. Jedenfalls schien er nie schlechte Laune zu haben; er war höchstens manchmal gedanklich abwesend und schaute dann etwas düster drein. Auffallend war, dass er bei Betriebsfeiern kaum Alkohol zu sich nahm, ohne dass dies seine Laune trübte oder ihn daran hinderte, mit den anderen zu witzeln und zu lachen. Die Frauen im Büro fanden ihn auf Anhieb nett und charmant; allerdings führte die längere Bekanntschaft mit ihm nie zu weiteren Schritten. So wurde er von den meisten gleichsam als Neutrum wahrgenommen, ohne dass man ihn dies hätte merken lassen.

***

Es war an einem Dienstagmorgen, als Leopold beim Einsteigen in die Straßenbahn eine junge Frau bemerkte, die er zuvor noch nie gesehen hatte. Ihr Gesicht erinnerte ihn an eine Schauspielerin, auf deren Namen er sich nicht besinnen konnte. Die dunklen Augenbrauen, die hohen Wangen-knochen und ein schmaler Mund fielen ihm sofort auf. Ihr Haar, dunkel, fast schwarz, war nach hinten gekämmt und zu einem Knoten zusammengebunden. Sie trug einen leichten, hellen Frühjahrsmantel, unter dem weiße, knöchellange Hosen zu sehen waren. Ihre Füße steckten in dunkelbraunen Pumps.

Der Wagen war schon recht gefüllt, aber sie war nicht nahe am Eingang stehengeblieben, sondern drängte sich, freund-lich wie bestimmt, zwischen den Fahrgästen hindurch und blieb erst am nächsten freien Stehplatz in der Mitte des Wagens stehen. Leopold konnte aus der Entfernung nur ihren Kopf sehen, meist seitlich im Profil.

Fast unbewegt stand sie während der ganzen Fahrt da und glich nur mit ihrem schmalen Körper die Bewegungen des Wagens unmerklich aus.

Leopold behielt sie die ganze Zeit im Auge, bemerkte aber erst im letzten Moment, dass sie im Aussteigen begriffen war. Als die Straßenbahn weiterfuhr, sah er sie am Fußgängerüberweg stehen, sie blickte gerade auf ihre Uhr. Weil er im letzten Wagen ganz hinten stand, konnte er noch sehen, wie sie mit raschen Schritten die Straße überquerte und in einer Seitengasse verschwand.

Am Abend dieses Tages fand er sich in Gesellschaft einiger Kolleginnen und Kollegen in einer Bar wieder. Es war der Abschluss einer Geburtstagsfeier eines der Marketingdirektoren, die in einem Restaurant begonnen hatte und nun mit ein paar Drinks abgeschlossen wurde. Und zum Vergnügen aller ließ sich Leopold überreden, etwas Alkoholisches zu trinken. Natürlich versuchte man, ihn zu mehr als einem Drink zu überreden, aber er lehnte lachend ab und prostete mit dem schon geleerten Glas den anderen zu.

Es war gegen Mitternacht, als man die Bar verließ. Leopold beschloss, zur übernächsten Straßenbahnhaltestelle zu gehen, um wieder einen klaren Kopf zu bekommen. Er war erst ein paar Schritte gegangen und hörte hinter sich noch die Stimmen derjenigen, die eine andere Richtung eingeschlagen hatten, als er plötzlich ein Paar vor sich gehen sah, das offenbar aus einem der Restaurants in der Nähe gekommen war. Es ging etwas langsamer als er, so dass er sich entscheiden musste, ob er sie passieren wollte. Aber er hatte es nicht eilig und so trottete er hinter den beiden her, die sich offenkundig zu amüsieren schienen.

Er hörte beider Lachen. Ihres klang ein wenig rau, auch etwas heiser, vielleicht war sie Raucherin. Als er bei der Haltestelle ankam, war das Paar einige Meter weiter ebenso stehen geblieben, offenbar, um sich zu verabschieden. Leopold schaute hinüber. Die beiden küssten sich lange. Als der Mann ging, schaute ihm die Frau noch eine Weile nach. Dann drehte sie sich um.

Leopold straffte sich; es war die Frau vom Vormittag. Er sah, wie sie ihr Mobiltelefon nahm und telefonierte. Sie hatte sich wieder abgewendet und er hörte sie sprechen, leise und unverständlich. Erst als die Straßenbahn herankam, beendete sie das Gespräch und stieg ein. Leopold nahm eine andere Tür und sah, wie sie sich in die letzte Reihe setzte und die Augen schloss. Sie trug jetzt einen schwarzen Mantel, der ein elegantes Kleid und eine Halskette sehen ließ, die äußerst filigran gearbeitet war.

Sie schien müde zu sein und einzuschlafen. Aber als die Bahn nach vier Stationen anhielt, stand sie unvermittelt auf. Leopold, der ebenfalls ausgestiegen war, sah sie mit energischen Schritten davongehen.

Auf dem kurzen Fußweg nach Hause fragte er sich – und das war ein beliebtes Spiel für ihn -, was diese Frau beruflich machen könnte. Von Call-Girl bis zur Bankerin schien ihm alles möglich. Sie mochte Anfang dreißig sein, hatte Stil und Geschmack, lebte vielleicht allein, womöglich in seiner Nähe. Er würde Ausschau halten nach ihr, vielleicht benutzte sie häufiger die Straßenbahn. Und eines nahm er sich ebenfalls vor: Er würde ihr auf keinen Fall nachgehen, um herauszufinden, wo sie wohnte.

***

Leopold war davon überzeugt, dass er früher oder später, wie im Beruf, auch im Privatleben die richtigen Menschen und damit auch die passende Partnerin kennenlernen würde. Er besaß eine Schicksalsgläubigkeit, die ihn alle Enttäuschungen hatte unbeschadet überstehen lassen. Eine Zuversicht, die unerschöpflich schien, lebte in ihm mit dem Vertrauen, dass sein Leben vom Glück begünstigt sei. Manchmal fragte er sich, woher diese Zuversicht kam, wie sie in ihm entstanden sei und seit wann.

Seine Eltern hatte ihn, den vierten und letzten in der Geschwisterreihe, nie anders behandelt als die anderen Kinder; er hatte sich wohl meist unter dem ‚Radar' der Eltern befunden und konnte seine Wünsche und Ziele immer aus eigener Kraft verfolgen, ohne dass etwas Besonderes von ihm erwartet wurde. Auch die Studien- und Berufswahl war ihm nicht schwergefallen, sie hatte sich einfach ergeben, ohne dass er darüber lange nachdenken musste. Die Stelle in der Firma hatte er im ersten Anlauf erhalten, ein gutes Gehalt ebenso. Er stellte keine besonderen Ansprüche, weder was Geld, Wohnung noch andere äußere Attribute betraf. Wählerisch war er nur, wenn es darum ging, sich an jemanden zu binden. Doch zugleich ging er davon aus, dass dies irgendwann nötig und der Fall sein würde. Er würde es dann fühlen, würde es wissen mit einer absoluten Sicherheit. Solange er diese nicht fühlte, war es nicht die richtige Person.

Es vergingen die nächsten Tage, ohne dass Leopolds Entdeckung wieder in der Straßenbahn auftauchte. Erst am folgenden Freitagmorgen stieg sie kurz vor ihm ein und strebte, wie Tage zuvor, zu einem Stehplatz in der Mitte des Wagens. Leopold folgte ihr und platzierte sich in ihrer unmittelbaren Nähe. Ihr Haar war nun zu einem Zopf geflochten, der seitlich an ihrem Hals herunterhing. Sie trug dieselbe Silberkette und Leopold entdeckte zwei kleine Schmuckstücke, die ihre Ohren schmückten. Ob sie einen Ehering trug, konnte er auf Anhieb nicht sehen. Aber er bemerkte, dass ihre Fingernägel lila lackiert waren und auch ihre Lippen dieselbe Farbe trugen, wenn auch nicht im gleichen intensiven Farbton.

Sie schaute an ihm vorbei, hinaus auf die Straße und schien in Eile gewesen zu sein, denn sie atmete eine Zeit lang heftig ein und aus, bis sich ihr Puls beruhigt hatte. Leopold stand ihr seitlich gegenüber und wartete, bis sie zu ihm blicken würde. Er sah, wie sie allmählich zur Ruhe kam und kurz die Augen schloss. Sie strich sich die Haare aus der Stirn und ihre Fingerspitzen verharrten kurz, als ob sie die Zeit anhielten. Dann blickte sie sich um und ihr Blick streifte Leopold, der versuchte, ein freundliches Gesicht zu zeigen. Sie aber schaute auf die Uhr und eine neue Unruhe schien sie zu befallen. Kurz darauf stieg sie an derselben Haltestelle wie beim ersten Mal wieder aus. Leopold konnte noch sehen, dass sie kurz stehen geblieben war und sich dann mit entschlossenen Schritten entfernte.

Am Abend richtete Leopold sein Abendessen und legte seinen Zeichenblock neben den Teller. Während er aß, zeichnete er und nach ein paar Strichen wurde ihm bewusst, dass er dabei war, die Unbekannte zu skizzieren. Erst nur ihr Gesicht, dann ihre ganze Gestalt, schließlich allein ihre Hände. ‚Kathrin, Carolin, Mara, Mona?' Er schrieb die Namen neben das Bild, jeden in einer anderen Schreibweise. Als er mit dem Essen fertig war, nahm er das Blatt und hielt es in Armlänge vor sich hin. Dann ging er hinüber zum Schreibtisch, holte Farbstifte heraus und färbte die Gestalt auf dem Papier ein. Als er fertig war, heftete er es an die Pinnwand über dem Schreibtisch und betrachtete es eine ganze Zeit lang.

Am nächsten Morgen schaute er vom Frühstückstisch hinüber und nickte seiner Zeichnung zu. ‚Thea, Leonie, Josefine‘ murmelte er vor sich hin. Bevor er die Wohnung verließ, blickte er noch einmal zurück. ‚Wir werden uns sehen, nicht wahr?‘

Leopold hatte keine Eile, er konnte warten; und er war sich sicher, dass er nicht umsonst warten würde. Das Portrait, das er gezeichnet hatte, gewann von Tag zu Tag an Lebendigkeit und immer wieder sprach er mit ihm. Er probierte täglich andere Namen aus und versuchte herauszufinden, welcher passen könnte.

***

In der folgenden Woche sah er sie wieder. Er war schon eingestiegen, als er bemerkte, dass sie die Straße entlang gelaufen kam. Er stellte sich in die Tür, bis sie die Bahn erreicht hatte und zusteigen konnte. Als er sie anschaute, lächelte sie und bedankte sich mit einem Nicken. Er sah ihre braunen Augen und den leicht geöffneten Mund. Sie blickte ihn an und er sah sie in dem Bild, das er gezeichnet hatte. „Braun", sagte er leise, „sie sind braun." Sie schaute ihn fragend an. „Ihre Augen, sie sind braun." Einen Moment zögerte sie, dann wandte sie sich um und ging in die Mitte des Wagens, wo sie wieder den üblichen Platz einnahm. Leopold schaute ihr noch ein paar Sekunden nach, dann schloss er die Augen, um sich ihr Gesicht in allen Einzelheiten einzuprägen.

Am Abend desselben Tages setzte er sich hin, um ihr Portrait noch einmal zu zeichnen und neu zu kolorieren. Er hängte es zuerst neben das erste, dann schräg oberhalb des ersten Bildes auf. Er würde sie wiedersehen, würde mit ihr sprechen, würde ihren Namen erfahren. Er würde ihr seine Bilder zeigen, sie würde sich von ihm zeichnen lassen. Sie würde bei ihm bleiben.

Er sah sie in den folgenden Tagen häufiger und es schien, als sei es kein Zufall, dass es so war. Jeweils am Vormittag stieg sie zu, so dass er annahm, dass sie zur Arbeit fuhr. Das würde er sie noch fragen. Aber sie blickte ihn nie an, ging manchmal sogar dicht an ihm vorbei, ohne ein Zeichen des Wiedererkennens deutlich werden zu lassen.

Über Leopolds Schreibtisch mehrten sich die Zeichnungen, die er von ihr anfertigte. ‚Mia, Lara, Sarah' – er probierte neue Namen aus, fragend und forschend, als ob die Bilder ihm antworten könnten.

***

Es war an einem späten Nachmittag, als er auf dem Nachhauseweg war, dass sie zustieg. Sie ging wie üblich zu ihrem Platz in der Mitte des Wagens und Leopold konnte wieder beobachten, wie sie mit knappen Bewegungen die Stöße des Straßenbahnwagens ausglich. Er stand in ihrer Nähe, beim Ausstieg. Sie blickte an ihm vorbei. Nur wenige Zentimeter hätte sie ihren Kopf drehen müssen, um ihn anzusehen.

‚Heute noch nicht', dachte er bei sich und beschloss, eine Station früher auszusteigen, um ihr später nicht zu begegnen. Er schaute auf die Straße hinaus, drückte den Halteknopf und stieg, als sich die Türen geöffnet hatten, ins Freie.

Ohne es recht zu wissen, drehte er sich noch einmal um. Sie hatte sich an die noch offene Tür gestellt und blickte ihm direkt in die Augen. Unwillkürlich wich er einen Schritt zurück.

Dort, wo er den Gehsteig erwartet hatte, trat sei Fuß ins Leere und er stürzte rücklings auf die Fahrbahn. Er sah noch, dass sich die Tür der Straßenbahn schloss, hörte das Quietschen von Reifen. Und dann verschwamm ihm in blendendem Weiß ihr Bild, nur ihre braunen Augen sahen ihn noch einen zeitlosen Moment lang an.

Im Quartett

Der Anschlag auf Linda Feller erfolgte vollkommen überraschend und unerwartet. Zuerst flogen Bonbons, die sie belustigt als Zustimmung interpretierte. Doch dann waren es faulige, stinkende Eier, die auf der Bühne landeten und sie zwar nicht trafen, aber dennoch zur Folge hatten, dass sie abrupt ihre Rede beendete und unter Buh-Rufen die Bühne verließ. Ihre Begleiter hatten die Situation rascher als sie erfasst und ihr Deckung gegeben, so dass sie unbeschadet davonkam.

Und noch als sie im Wagenfond saß und davonfuhr, konnte sie es kaum fassen, was ihr geschehen war. Neben ihr saß Ronny Lager, ihr persönlicher Referent und Parteifreund, der ihr ein feuchtes Tuch reichte, das sie fragend anschaute, ohne zu verstehen, was sie damit anfangen sollte. „Du hast dich heiß geredet, deshalb." Er deutete auf seine eigene Stirn. „Ansonsten fand ich deinen Auftritt beeindruckend." Linda Feller tupfte sich ihre Stirn ab und musste feststellen, dass Lager recht hatte. „Du fandest ihn gut", fragte sie, „wirklich? Falsche Komplimente musst du mir nicht machen, davon habe ich schon eine ganze Menge erhalten und sie bringen mir rein gar nichts." Ihr prüfender Blick traf ihn und er beeilte sich zu sagen: „Aber nein, du warst wirklich gut, hast enormen Eindruck gemacht."

Sie hatte ihre Fassung wiedergewonnen und meinte sinnend: „Die entscheidende Frage lautet: Ist meine Botschaft überzeugend rübergekommen? Ist sie das?" Ronny wand sich in seinem Sitz, bis er schließlich antwortete: „Ich denke, das werden wir morgen in der Presse lesen und heute in den Abendnachrichten zu Gesicht bekommen. Aber ich fürchte, die Bilder von fliegenden Eiern werden nachhaltiger in Erinnerung bleiben als deine Worte, deine ‚Botschaft'."

Er wartete vergeblich auf ihre Erwiderung, hörte sie nur tief durchatmen. Und so fuhr er fort: „Aber du solltest die Reaktion des Publikums als Bestätigung für deinen Kurs nehmen; noch jeder Finanzminister – und das willst du doch werden - konnte nicht anders als sich unbeliebt zu machen; je mehr Tomaten, desto mehr Renommee, viel Feind, viel Ehr' - sozusagen." Feller runzelte die Stirn, aber dann entschloss sie sich, ihr Mobiltelefon mit Verve zu bearbeiten.

Ronny überlegte krampfhaft, wie er es ihr beibringen sollte. Schließlich war er auch verantwortlich für ihre Sicherheit, ohne dass er dafür persönlich geradezustehen hatte. Aber spätestens jetzt war klar, dass er es ihr sagen musste und sie sich nicht mehr weigern durfte, jemanden zu akzeptieren, der sich im Notfall auch einmal schützend vor sie stellte.

„Weißt du", begann er vorsichtig, „wir müssen zur Kenntnis nehmen, dass es Situationen gibt, in denen deine Sicherheit auch einmal, ja wie soll ich es ausdrücken, gefährdet sein kann. Ich meine", er beeilte sich fortzufahren, bevor sie sich Sorgen machen konnte, „ich meine solche Situationen, in denen jemand auch einmal seinen Körper einsetzt, um dich zu schützen, nicht nur vor faulen Eiern."

Linda Feller schüttelte ablehnend den Kopf: „Wir haben das nicht nur einmal besprochen, dass ich das nicht will. Schluss damit!" Sie wollte sich weiter ihrem Handy widmen, doch Ronny wagte es weiterzusprechen und er versuchte, Dramatik in seine Stimme zu legen: „Wir haben da Warnungen erhalten, dass es Leute auf dich abgesehen haben – das sagen die vom Staatsschutz. Und weil das so ist, müssen wir, musst du akzeptieren, dass jemand dafür engagiert wurde."

Unwillig blickte sie ihn an: „Das geschieht so einfach? Ich werde nicht gefragt und ich kann nichts dagegen unternehmen?" Ronny hob entschuldigend die Achseln: „Tut mir leid, er wird sich morgen Früh vorstellen." „Und dann wird ‚er' nicht mehr von meiner Seite weichen, nicht wahr?" Ronny versuchte zu lächeln: „Nein, nicht von deiner Seite, aber er hält sich eben immer in deiner Nähe auf, mal näher, mal entfernter, wie es nötig ist." Sie seufzte und schloss die Augen. „Ich will hoffen, er macht das diskret und unauffällig und geht mir nicht auf die Nerven."

***

Als Raphael Tauber an diesem Tag nach Hause kam, hatte er wenig Lust, sich die ganze Story anzuschauen. Am Nachmittag hatte er davon gehört und wusste, es war nötig, sich ein erstes Bild von der Dame zu machen. Er nahm sich ein Bier, schaltete den Laptop ein und suchte die Passage, wo die Eier flogen und sie die Bühne verließ. Wie hatte sie die Situation erlebt, wie war sie mit ihr umgegangen, hatte sie Angst gezeigt oder Mut bewiesen? Er kannte Feller aus den Nachrichtensendungen, sie war nicht unattraktiv, aber sie kleidete sich wie all diese Ladies aus der Politik, Hosenanzug und so. Nach den Aufnahmen, die er gesehen hatte, schätzte er ihr Alter auf Mitte vierzig. Anscheinend war sie geschieden, hatte zwei erwachsene Kinder, ihr Ex war, soweit er sich erinnerte, ein hohes Tier in der Landesverwaltung. Anscheinend war sie dabei ihn zu überholen, was die Karriere anbetraf.

Dass er diesen Job übernahm, das heißt übernehmen musste, verdankte er Paul, der so große Stücke auf ihn hielt und beste Kontakte zum Staatsschutz hatte, und natürlich auch seiner,

Raphaels, Erfahrung, was Personenschutz anbetraf. Die letzten drei Jahre im Dienst hätte er allerdings lieber in einer anderen Funktion hinter sich gebracht. Er musste niemandem mehr etwas beweisen, und jetzt das.

Tauber holte sich ein zweites Bier aus dem Kühlschrank, das er nach kurzem Zögern wieder zurückstellte. Stattdessen nahm er die Papiere, die er von Paul erhalten hatte, um sich mit seiner neuen Aufgabe bekannt zu machen. Er schaute sie in einem ersten Durchgang flüchtig durch und merkte sich nur die Seiten, die wirklich wichtig waren - was man über Linda Feller zusammengetragen hatte, auch ein paar Details aus ihrem Privatleben, nichts Dramatisches: ihr kleines Alkoholproblem, die Vorliebe für nächtliche Ausflüge in angesagte Diskotheken, immer wieder mal flotte Sprüche, wie man sie aus dem Mund einer kommenden Finanzministerin nicht erwarten würde; aber das war ihre Privatsache und nichts, worum er sich zu kümmern hatte.

Dass die Streife nachts immer mal wieder bei ihrem Haus vorbeifuhr, las er jetzt erst. Aber Tauber fragte sich, ob dieser Vorfall vom Vormittag wirklich der einzige Grund dafür war, dass sie von nun an Personenschutz zugeteilt bekam. Wahrscheinlich hatte sie einen heimlichen Verehrer beim Staatsschutz, ganz oben vermutlich. Egal, sein Job war auf drei Wochen befristet, die sollte er einigermaßen stressfrei hinter sich bringen.

Weißt du eigentlich, was du da über mich und meinen Job schreibst? Hast du die gelindeste Ahnung, was es heißt, in jeder Sekunde aufmerksam zu sein, die Augen überall zu haben, auf alles gefasst zu sein, keinen winzigen Fehler machen zu dürfen, schon allein deshalb, um nicht den eigenen guten Ruf zu verlieren? Keine Ahnung hast du und ich soll diese Rolle spielen, wie du sie dir ausdenkst – zum Kotzen ist das, ich kann's nicht anders ausdrücken. Aber ich weiß schon, ich muss mir das gefallen lassen; ich hoffe nur, du lässt mich am Ende nicht einfach abkratzen oder lässt mich in meinem Job schlecht aussehen!

***

Tauber saß am nächsten Tag schon im Wagen und suchte den Sitz in eine bequeme Position zu bringen, als Linda Feller, von ihrem Zuhause abgeholt, in den Wagen stieg. Ihretwegen auszusteigen hatte er keine Lust, er wollte auch nicht übertrieben höflich rüberkommen. So machte ihr Assistent ihn mit ihr bekannt, als sie eingestiegen war. „Dann werden Sie mir in den nächsten Wochen wie mein eigener Schatten auf Schritt und Tritt folgen oder wie?"

Er saß auf dem Beifahrersitz und wandte den Kopf halb zur Seite, so dass sie wenigstens sein Profil zu sehen bekam. „So ähnlich wird's sein, ich werde Sie immer im Auge behalten, auch wenn Sie mich nicht immer sehen." Feller überlegte kurz und fragte dann: „Was hätten Sie denn gestern getan, als die Eier geflogen kamen?" Ronny, der schräg hinter Tauber saß, reckte sein Kinn in die Höhe und sagte: „Ja, wie hätten Sie denn gehandelt?"

„Was soll ich sagen? Ronny, Sie haben das getan, was nötig war. Das wollen Sie doch hören, nicht wahr?" Linda Feller schüttelte verärgert den Kopf: „Und wozu brauche ich Sie, wenn Ronny das genauso gut kann?" Tauber ließ mindestens fünf Sekunden verstreichen, ehe er antwortete: „Ich weiß nicht, was er tun würde, wenn was anderes geflogen käme als nur faule Eier."

Ronny lehnte sich in seinem Sitz zurück und wartete auf Lindas Replik. „Also, nehmen wir an, da fliegen Steine, von verschiedenen Seiten – was tun Sie?" Langsam wandte sich Tauber um, soweit es ohne größere Verrenkungen möglich war, und schaute ihr in die Augen: „Lassen Sie das meine Sorge sein, sonst vergessen Sie womöglich ihren Redetext." Nach einer Schrecksekunde antwortete sie: „Nun hören Sie mal, .." Er unterbrach sie: „Ich werde am Rande der Rednerbühne stehen, rechts von ihnen, und im Fall des Falles tun Sie einfach das, was ich Ihnen sage."

Muss ich mir das gefallen lassen? Erst die Sache mit dem Personenschutz, und dann so ein Kerl, der nur unverschämt ist!? Wer ist hier die wichtige Person, er oder ich? Wenn ich schon so einen undankbaren Posten angedichtet bekomme – übrigens, meine Talente sind weniger die Zahlen als die Kunst -, dann sollte ich doch wohl mit mehr persönlicher Autorität ausgestattet sein. Oder? – Ich fürchte, ich werde mich wohl noch auf ein paar Überraschungen gefasst machen müssen.

Tauber hatte sich von Ronny den Tages- und Wochenplan seiner Chefin auf das Mobiltelefon schicken lassen und stöhnte. Ihre Tour ging kreuz und quer durchs Land, nur an zwei von fünf Tagen würde er in dieser Woche zu Hause übernachten können, sonst im Hotel.

Wenigstens konnte er vorher noch seinen Koffer packen. Jetzt ging es erst einmal in den Landtag, die nächsten Stunden würde er sich dort langweilen. Am Nachmittag dann die Fahrt in die Provinz, ein Vortrag hier, am Abend ein Vortrag dort. Er schätzte, dass er um halb zwölf in der Nacht zu Hause sein würde.

„Sind Sie verheiratet?", tönte es plötzlich von hinten. Tauber ließ sich nichts anmerken und antwortete in aller Ruhe: „Ich war es, Scheidung vor etwa zehn Jahren." „Das wissen Sie nicht genauer, ich meine, wann das war?" So kam es wieder vom Rücksitz, diesmal samtweich-schnurrend wie von einem Kätzchen. Tauber zuckte mit den Schultern und sah nicht ein, dass er auf eine private Frage antworten musste. „Was ist?", fragte er ärgerlich, als Ronny ihm auf die Schulter tippte. „Oh, nichts, aber ich denke, wir können uns durchaus ein bisschen miteinander bekannt machen, wo wir doch die nächsten Wochen so häufig beieinander sein werden." „So, denken Sie. Ich denke anders." Von hinten ein Kichern, das Tauber ignorierte.

Aber dann herrschte erst einmal Schweigen und plötzlich musste Tauber an Katrin denken. Er hatte ihr nie erklären können, dass er anders tickte als die Männer, die sie vor ihm hatte. Immer wieder verfiel sie in Mutmaßungen über das, was in seinem Kopf vorging. Das, was sie an komplizierten Gedanken bei ihm vermutete, war schiere Projektion; sie war es, die kompliziert war, kompliziert dachte und noch komplizierter war, was ihr Gefühlsleben anbelangte. Jetzt hörte er hinter sich Feller und Ronny leise miteinander reden. Als er merkte, dass es nicht um etwas ging, das für ihn wichtig war, schweiften seine Gedanken wieder ab. Er fragte sich, warum ihm Katrin ausgerechnet jetzt einfiel. Seit der

Scheidung hatten sie sich nur alle paar Monate und das meist nur zufällig gesehen oder gesprochen, oft ging es um Geld. Ja, jetzt wusste er es, das Lachen war es, dieses unterdrückte Lachen von Feller, das er bei Katrin zuerst so amüsant gefunden hatte, später aber nur noch nervend, nervtötend sogar.

Den Vormittag verbrachte Tauber gelangweilt auf den Fluren des Landtagsgebäudes und ärgerte sich, dass er sich nichts zum Lesen mitgenommen hatte. Es hatte sich erst in den letzten Wochen ergeben, dass er zu Hause immer häufiger, statt am PC zu hängen und Serien zu schauen, ein Buch las. Mit Krimis hatte er angefangen, dann waren es Romane und jetzt, zuletzt, las er Biografien historischer Persönlichkeiten. Allerdings, das hatte er sich vorgenommen, noch lebende Politiker sollten nicht darunter sein. Die erlebe er live, in mehr oder weniger properer Ausführung und mit Gesichtern, die nicht unbedingt sein Vertrauen zu dieser Kaste Mensch zu erhöhen vermochten.

***

Ronny, der eher zufällig daran dachte, dass er Tauber zum Mittagessen mitnehmen könnte, fand ihn später im begrünten Innenhof des weitläufigen Gebäudes, wo er mit einer Zeitung saß. „Um 14 Uhr geht's los, wir können vorher noch zu Mittag essen, im Restaurant um die Ecke, eine dreiviertel Stunde haben wir noch." Tauber dachte an die nächsten Stunden und stimmte zu. Und so saßen sie kurz darauf beim Essen. „Ich hätte nicht erwartet, dass Sie mir Rückendeckung gaben, was den gestrigen Tag betrifft. Sie als Profi hätten das bestimmt noch besser gemanagt, oder?" Tauber blickte in eine unbestimmte Ferne, dann sagte er: „Für einen Anfänger haben Sie's nicht schlecht gemacht." Was Ronny zu einem zufriedenen Grinsen veranlasste.

Jetzt bin ich's aber wirklich leid! Ich muss auch noch Freundlichkeit heucheln bei diesem Idioten. Und die andere Idee, das mit den Romanen und Biografien, wie bist du denn darauf gekommen? Krimis ja, aber sonst nix. Und außerdem, wieso nicht Serien schauen, ist doch cool! Ich frage mich, was hast du vor, mit mir, der Feller, diesem Ronny. Du machst dich lustig über uns. Ich hab' keine Lust, mir das gefallen zu lassen, hörst du? Und, dass ich es nicht vergesse: Das mit den komplizierten Gedanken - die hast du! Obwohl, ich kenne da schon ein paar Frauen, wie ,meine' Katrin; aber so eine hätte ich nie geheiratet!!

Als sie zu viert im Wagen saßen, wurde auf den Rücksitzen das Geplauder wieder aufgenommen und Tauber war froh, dass die schlanke, ganz in schwarz gekleidete Frau am Steuer, neben der er saß, ein schweigsamer Mensch zu sein schien, wahrscheinlich ein unabdingbares Qualifikationsmerkmal für diesen Job, Schweigsamkeit und Verschwiegenheit. Vielleicht hätte ich Schofför werden sollen, dachte er, einfach das Gerede der anderen an einem vorbeirauschen lassen, nichts hören, alles davon vergessen. Mittlerweile fuhren sie auf der Autobahn und Tauber schloss die Augen.

„Tauber, sind Sie eingeschlafen?! Sie sollen mich beschützen, nicht schlafen!" Wie von ferne hörte er eine hysterische Stimme und Tauber öffnete die Augen.

Langsam wandte er sich zur Seite, sie konnte wieder nur sein Profil sehen. „Sie haben meine Frage nicht beantwortet, Sie haben sich nicht einen Furz weit bewegt, also haben Sie geschlafen!" Tauber nickte und sagte: „Was haben Sie denn gefragt, Mylady?" Ronny beugte sich nach vorne und beeilte sich zu sagen: „Frau Feller fragte, welches Sicherheitskonzept du für heute geplant hast."

Tauber hatte sich schon längst wieder nach vorne umgedreht und brummte: „Hab' ich im Kopf. Ihr braucht das nicht zu wissen, sonst wird's kompliziert."

Fragend blickte Ronny zu seiner Chefin, die die Stirn runzelte. „Konzepte gehören auf Papier, damit man sie begutachten kann. Hören Sie?!" Mit zeitlupenhafter Langsamkeit wandte sich Tauber wieder zur Seite und erwiderte ruhig: „Meine Konzepte gehören in meinen Kopf und brauchen nicht begutachtet zu werden, wenigstens nicht von den Betroffenen selbst." Und im Nachsatz fügte er an: „Die wissen sowieso immer alles besser."

Linda Feller atmete geräuschvoll durch die Nase mit den wohlgeformten Nasenlöchern ein und sagte sehr leise, aber umso prononcierter: „Wenn ich Ihnen vertrauen soll, mich auf Sie verlassen soll, dann müssen Sie mir zumindest in Grundsätzen Ihr Konzept vermitteln, vermitteln können, sonst bemühe ich mich um jemand anderen!" Ronny versuchte ihr durch Gesten klarzumachen, dass das nicht möglich sein würde, aber sie wehrte seine Versuche ab, um sich auf Taubers Antwort konzentrieren zu können.

„Wissen Sie, Lady, mein Konzept, in kurzen und verständlichen Worten charakterisiert, heißt: ‚Ladies first, alles andere, alle anderen sind unwichtig für mich.' Reicht das? Im Übrigen: Man wird Ihnen niemand anderen zur Verfügung stellen wollen. Ich bin der Beste für diesen Job."

Linda Feller spitzte die Lippen, die übrigens mit kraftvollem Rot geschminkt waren, und meinte: „Kurz und prägnant, trifft das Wesentliche. Sie hätten Politiker werden sollen, Tauber." Letzteres tönte allerdings etwas ironisch, aber er ließ sich nicht auf diese Spitze ein und schwieg.

Es war irgendein Provinznest, wo die Rede auf dem von Jahrhunderte alten Häusern umsäumten Hauptplatz stattfinden sollte. Nachdem Feller mit dem Organisator gesprochen hatte, ließ sich Tauber von ihm über die getroffenen Sicherheitsmaßnahmen unterrichten. „Ist mit Störungen zu rechnen?", fragte er. „Das weiß man doch nie, oder?", lautete die lakonische Antwort und Tauber ärgerte sich über sich und seine anfängerhafte Frage. So nickte er nur und machte einen Rundgang um den Platz, nicht ohne sich die allmählich eintreffenden ZuhörerInnen anzuschauen. Niemand sah aus, als hätte er oder sie Randale im Sinn, das sagte ihm sein Bauchgefühl. Schließlich postierte er sich neben die Bühne und trat, als Feller ihre Rede begann, zwei Stufen zum Podium hoch, um eine bessere Sicht auf die Zuhörerschaft zu haben. Ronny stand, wie er ihn gebeten hatte, auf dem Treppchen an der anderen Schmalseite der Bühne, so dass niemand so leicht heraufstürmen konnte. Hinter der Bühne befand sich eine geschlossene Hauswand, von dort war keine Gefährdung zu erwarten.

Tauber hörte nur mit halbem Ohr der Rede zu, sie interessierte ihn nicht. Sein Blick schweifte über die Köpfe der Menge, der sich immer wieder tröpfchenweise weitere ZuhörerInnen anschlossen. Es waren vorwiegend mittelalte und ältere Leute, die sich die Rede antaten, kaum junge Leute waren zu sehen, nur ganz in der Nähe ein junges Paar mit einem Kind, das sich bemühte, einen roten Luftballon aufzublasen, erfolglos, wie ihm schien. Aber er behielt es im Auge und als das Erwartete geschah, dass der Vater des Kindes sich ans Werk machte und der Ballon platzte, zuckte er keine Sekunde zusammen und machte eine beruhigende Geste hinüber zu Feller und Ronny, die sich erschrocken nach ihm umwandten. Jetzt begann das Kind zu heulen und die drei verschwanden aus der Menge.

***

Am Abend saßen sie nach der zweiten Rede, die problemlos über die Bühne gegangen war, wieder im Auto. Diesmal, nach einem kurzen Gespräch über die Planung des folgenden Tages, kein Geplauder mehr hinter ihm. Bei einem Seitenblick bemerkte er die Ringe an der Hand, die das Lenkrad hielt. Die schlanken Fingerspitzen klopften einen unhörbaren Rhythmus. Er registrierte dunkles Haar, lockig und schulterlang. Sie mochte Mitte zwanzig sein und er fragte sich, warum sie solch einen Beruf hatte. Aber bald stoppte er seine Überlegungen, weil ihm klar wurde, dass sie zu nichts führten.

Nachdem Feller und Ronny abgesetzt worden waren, fuhren sie zu zweit weiter. Es war, wie er vermutet hatte, gegen halb zwölf und er war entsprechend müde. Sie schaltete den CD – Player an, einen Blues, der ihm gefiel. Als sie hielt, war das Stück noch nicht zu Ende und er wäre gerne noch sitzen geblieben, um es fertig zu hören. Sie wandte sich ihm zu und er sah, dass sie ihn fragend anblickte. Tauber deutete auf den Player und sagte: „Einen Moment noch, bis es aufhört?" Jetzt sah er ein Lächeln in ihrem Gesicht und grinste. Als das nächste Stück begann, blickte sie ihn auffordernd an; er verabschiedete und bedankte sich beim Aussteigen mit zusammengelegten Händen.

Was soll ich sagen, du machst eine Witzfigur aus mir! Jetzt muss ich auch noch mit dieser ..., ja, wie soll ich sie nennen, sie hat keinen Namen, anbändeln. Wenigstens hast du es mir gegönnt, meinen Job perfekt zu machen, du weißt schon: der Luftballon. Ja, und was ich noch sagen wollte: Wann wird es denn endlich mal spannend, aufregend, nicht so tröge wie bisher??

Tauber schlief gegen seine Gewohnheit nicht sofort ein und so stand er nach einer Weile auf, um noch etwas zu trinken. Er entschied sich für Mineralwasser, obwohl ihm mehr nach einem Whiskey war. Aber er wusste, wenn er einmal damit anfing, würde es mit dem Schlafen etwas knapp werden. Sein Handy hatte er nicht ausgeschaltet und so schaute er sich noch einmal die Termine der Woche an. Die nächsten drei Tage also im Hotel - ja, das war's: Bücher, er musste Bücher mitnehmen, zwei auf jeden Fall. In seinem Regal stapelten sich immer mindestens zwei, drei Bücher, die er noch nicht gelesen hatte, ihn aber interessierten. Er überlegte eine ganze Weile, bis er schließlich zu einer Politikerbiografie und einem Krimi griff. Und weil er gerade dabei war, packte er seinen Koffer für die nächsten Tage.

***

Je länger und häufiger sie zu viert im Wagen saßen und endlose Strecken zurücklegten, desto unangenehmer fühlte er sich und hätte sich am liebsten Air Pods in die Ohren gestöpselt und Musik gehört. Was er am meisten mochte war alter, klassischer Rock, bei dem man noch Melodien heraushören konnte, die im Gedächtnis blieben und von denen er in der Nacht träumte.

„Raphael, ich darf Sie doch so nennen, bisher hatte ich ein gutes Gefühl, wenn Sie bei meinen Reden so unauffällig im Hintergrund geblieben sind, aber heute Nachmittag möchte ich Sie so auf der Bühne stehen sehen, dass jedem klar ist: Hier ist einer, der mit Störern kurzen Prozess macht." Während Tauber noch überlegte, was er antworten wollte, hörte er ihre ungeduldige Stimme: „Nun reden Sie schon, ich muss wissen, wie Sie es angehen wollen." Er räusperte sich und erwiderte: „Linda, ich darf Sie doch so nennen, ich werde es wie immer machen, es sei denn, Sie erklären mir, was Sie dazu bringt, die neue Vorgehensweise, ich sage mal: vorzuschlagen."

Ronny blickte zu Feller und erwartete einen Wutausbruch. Der kam zwar nicht, aber Ronny bemerkte, dass in ihrem Kopf eine ganze Kaskade von Gedanken herumwirbelte, bis sie schließlich sagte: „Ich erklär's Ihnen, wenn wir dort sind, dann werden Sie's verstehen." Tauber sparte sich eine Antwort und Ronny war geradezu enttäuscht, dass sie keine Szene gemacht hatte. Tauber linste zur Schofförin hinüber und hatte das unbestimmte Gefühl, bei ihr den Ansatz eines Lächelns bemerkt zu haben. Aber sicher war er sich nicht.

Die kurze Besprechung zu dritt vor der Rede verlief zwar nicht reibungsfrei, aber sie gelangten immerhin zu einer Kompromisslösung: Tauber würde an der Seite stehen, aber wenn er oder Feller den Eindruck hatten, es sei sinnvoll und nötig, dann würde er auf die Bühne gehen und sich demonstrativ seitlich hinter sie stellen. Gegebenenfalls würde man hinterher das Vorgehen besprechen. Ronny hatte sich während des Gesprächs im Hintergrund gehalten und konnte nicht anders, als sich über seine Chefin zu wundern.

Also, ich weiß nicht, welche Rolle mir da zugedacht wurde, aber ich muss sagen, so richtig wohl fühle ich mich nicht darin. Man wird nicht recht wissen, wer ich eigentlich bin, weil ich immer nur reagieren darf. Manchmal stehe ich, das ist zu befürchten, wie ein Trottel da, der seiner Chefin wie ein Hündchen folgt und keine eigene Meinung hat. Oder sie zumindest nicht ausspricht. Hoffentlich wird es besser mit mir in dieser Geschichte!

Schließlich war es so, wie Tauber erwartet hatte: Weder Tomaten noch Eier noch Torten oder sonst etwas kamen geflogen, noch nicht einmal Pfiffe waren zu hören. Die Leute standen schweigend da, die Arme vor der Brust gekreuzt oder auf das Mobiltelefon starrend, das sie vor sich hielten. Außerdem war es ein stetes Kommen und Gehen, ein geräuschvolles Kommen und Gehen. Tauber bemerkte, wie Feller von Minute zu Minute unsicherer wurde, zunehmend langsamer sprach, bis sie – vorzeitig, wie er beim Blick auf die Uhr feststellte - die Rede mit ein, zwei inhaltslosen Stehsätzen beendete. Ronny musste sie die paar Stufen von der Bühne herunter begleiten, so außer Fassung war sie geraten. Der Parteivorsitzende des Ortsvereins beschloss mit enthusiastischen Lobesworten auf die Rednerin die Veranstaltung und die überschaubare Menge verstreute sich in alle Richtungen, so dass schon nach wenigen Minuten der Platz wie leergefegt aussah.

Es dauerte einige Zeit, bis Feller wieder zu sich selbst gefunden hatte. Ronny, der zunächst versuchte, sie mit ermutigenden Worten aus ihrer Erstarrung herauszuholen, wies sie stumm an, den Mund zu halten. Tauber merkte, dass sie es vermied, zu ihm zu schauen, und so blieb er auf Distanz und wartete ganz einfach ab, was geschehen würde.

Das ist doch nun das Allerletzte, wie ich hier meine Rolle spielen muss. Erst bin ich die arrogante Tussi und dann schaffe ich es nicht, mit einer unerwarteten Situation zurecht zu kommen. Was ist denn das für eine Figur, die du als ambitionierte Politikerin hinstellst! Absolut unglaubwürdig, würde ich sagen. Und davor noch der Streit mit Tauber – was sollte das denn? Ich habe meinen Job und er seinen. Wenn wir beide professionell agieren könnten, dann könnte es solch einen Disput nicht geben! Ich fass' es nicht! Das wird nur noch ein Desaster, was für eine peinliche Geschichte!

Sie fuhren bald darauf weiter, um den Ort der Niederlage hinter sich zu lassen und dem Vergessen anheim zu geben. Ronny wartete angespannt auf ein Zeichen, dass er wieder reden durfte, neben ihm Linda, die mit geschlossenen Augen versuchte, die fatalen Bilder aus dem Kopf zu kriegen. Tauber wollte ein bisschen dösen, aber er linste immer wieder einmal hinüber zur Fahrerin, um sie bei einem Seitenblick – auf ihn – zu ertappen.

Er erwachte, als der Wagen an einer Raststation stillstand. Linda und Ronny waren schon ausgestiegen und vorausgegangen. Und während er noch einen Moment brauchte, um richtig wach zu werden, wurde neben ihm die Tür geöffnet und er blickte in das unbewegte Gesicht seiner vorigen Nachbarin. Es war ihm peinlich, dass er sich etwas unbeholfen aus dem Auto quälte, wobei sie ihm zuschaute, als ob sie darauf wartete, dass er es nicht schaffen würde. „Raphael", sagte er, „ich heiße Raphael." Etwas anderes zu sagen fiel ihm gerade nicht ein. Er hielt ihr seine Hand hin, die sie ignorierte. „Sibill", hörte er sie sagen, „mit zwei i und zwei l." Jetzt huschte wieder ein winziges Lächeln über ihr Gesicht, so schien es zumindest. „Gehen wir einen Kaffee trinken?", fragte er und freute sich, als sie wortlos zustimmte.

Sie suchten sich in der Nähe der Chefin einen eigenen Tisch und bestellten ihre Getränke. Tauber überlegte noch, mit welchen Worten er das Gespräch eröffnen könnte, um die größte Chance auf eine Erwiderung ihrerseits zu haben, als sie sagte: „Manchmal kommt der Ausbruch erst viel später, damit müssen Sie rechnen." Wie zufällig blickte sie zu Linda hinüber, so dass er verstand. „Am Abend, an der Bar?", fragte er. Sie griff zu ihrer Tasse und schaute ihm beim Trinken in die Augen. „Vielleicht können wir uns das ersparen."

Die abendliche Rede vor Anhängern und Mitgliedern der eigenen Partei war für Feller wie ein Schaumbad mit Entspannungsöl. Sie legte nach kurzer Nervosität ihre anfängliche Befangenheit ab und lief, wie Tauber an Ronnys Miene ablesen konnte, zu ihrer Höchstform auf. Die an sie gestellten Fragen beantwortete sie mit einem Humor, den Tauber ihr nie zugetraut hätte, und er fragte sich, ob sie vielleicht zwei, drei Schnäpse zu sich genommen hatte. Sie winkte ihm sogar am Ende ihres Auftritts vergnügt zu, so dass er nicht umhinkonnte, in ähnlicher Weise zu antworten.

Den Weg ins Hotel legte er zu Fuß zurück und hoffte, Sibill dort irgendwo anzutreffen. Weil er Hunger hatte, nahm er eine kleine Mahlzeit zu sich und ging dann zur Bar hinüber, wo allerdings schon Feller und Ronny saßen.

Offenbar war kein Ausbruch ihrerseits zu erwarten, so fröhlich schienen sie sich zu unterhalten. Tauber begrüßte sie, verschwand aber dann gleich wieder, denn er hatte die Absicht, Sibill noch vor dem Betreten der Bar abzufangen.

Als sie erschien, klärte er sie kurz über die Lage auf und schlug vor, woanders hinzugehen. Sie ließ sich zuerst nicht aufhalten und schaute selbst, wie es den beiden am Tresen ging. Dann marschierte sie einfach an Tauber vorbei auf die Straße und er musste sich beeilen, um sie einzuholen. „Ich kenne mich hier leider nicht aus", begann er die Konversation, „in dieser Kleinstadt wird die Auswahl nicht sonderlich groß sein." Sie ging schweigend an seiner Seite und bald hatte er das Gefühl, dass sie wusste, wohin sie wollte. So versuchte er erst gar nicht, das Gespräch wieder aufzunehmen, und war gespannt, was ihr Ziel sein würde.

Es war eine Diskothek, wie er noch keine gesehen hatte. Ungewöhnlich klein, ungewöhnlich auch die mindere Lautstärke und noch spezieller die Musikauswahl, die eine DJane auflegte. Sibill drängte sich auf die Tanzfläche, ohne auf ihn zu achten, und begann wie selbstvergessen zu tanzen. Tauber, der sich noch nie im Gedränge von Menschen wohlgefühlt hatte, suchte sich einen Platz, von wo er Sibill einigermaßen im Auge behalten konnte. Ihm gefiel es, wie sie sich bewegte, aber er konnte sich nicht vorstellen, wie er selbst zu dieser Musik, die einen eigentümlichen, immer wieder wechselnden Rhythmus aufwies, tanzen sollte.

Sie fand ihn, nachdem eine Musikpause eingetreten war, sofort wieder, ohne dass er hätte auf sich aufmerksam machen müssen. „Ich hole gerne was zu trinken, was mögen Sie denn?"

Er brachte ihr Orangensaft, denn etwas Alkoholisches wollte sie absolut nicht trinken. Sie machte keine Anstalten, mit ihm anzustoßen. „Ich bin leider kein guter Tänzer und, das muss ich dazusagen, kriege leicht Beklemmungen in so einer dichten Menge." Belustig schaute sie ihn an, er sah ganz deutlich, wie sich ihre Mundwinkel ein klein wenig nach oben bogen. „Ich nehme an, man, das heißt frau bewegt sich gerne an Tagen wie diesem, wo Sie so lange im Auto sitzen."

Sie hörte ihm zu, da war er sich sicher, aber sie schaute auf die Tänzerinnen und Tänzer, die jetzt wieder zu tanzen begannen. „Ich zeig's Ihnen", hörte er sie sagen und fühlte ihre kühle Hand, die sich kraftvoll um seine schloss.

Einen besonderen Namen hast du für mich ausgesucht, das soll wohl auch etwas bedeuten. Aber Namen sind mir egal, solange sie nicht wie Marianne oder Theresa oder so ähnlich klingen. Ich weiß noch nicht so recht, was ich von der Rolle der Schweigsamen halten soll. Das ist mir zwar nicht fremd, aber ich finde mich übertrieben geheimnisvoll dargestellt, bisher zumindest. Wenn das so bleibt, fühle ich mich wirklich unterschätzt, das will ich auf jeden Fall hier anmerken.

Als sie im Hotel ankamen, war die Bar fast leer, jedenfalls waren Feller und Ronny nicht mehr zu sehen. Tauber fragte sich, ob die beiden etwas miteinander hatten, aber im Grunde genommen war ihm das völlig egal. Wie das mit Sibill weitergehen sollte, war ihm weniger egal, er war auf alles gefasst. Dass er dabei die Initiative ergreifen sollte, war ihm klar, so lief das auch bei ihm. Aber er wollte es, zumindest an diesem Abend, darauf ankommen lassen und war bereit, nach dem ersten Drink die Segel zu streichen und allein auf sein Zimmer zu gehen. Aber schneller als er erwartet hatte, verabschiedete sich Sibill von ihm, indem sie militärisch knapp die Fingerspitzen der gestreckten Hand zum Kopf führte und verschwand.

***

Manche Reden, die Linda Feller in dieser Woche hielt, waren in einer gewissen Weise fahrig, so als ob sie nicht recht bei der Sache war, so als ob sie sich nicht fokussieren konnte. Es war offensichtlich, dass etwas nicht stimmte, auch Tauber merkte das.

Ronny versuchte, vorzugsweise bei Mahlzeiten, die sie zu zweit einnahmen, auf Linda einzureden, um Geschehenes vergessen zu machen und sie für Neues zu präparieren. Aber zumindest in dieser ersten Woche, wo Tauber mitfuhr, war das nicht der Fall. Für das Wochenende sagte Feller alle Termine ab, um die darauffolgende Woche wieder fit zu sein. Tauber war das nur recht. Allerdings fand er es sehr bedauerlich, dass er keine Gelegenheit fand für eine Verabredung mit Sibill, die ihm immer besser gefiel.

Er selbst, mittlerweile ein wenig gesprächiger geworden, erlebte sich in ihrer Gegenwart um einiges jünger und, das fiel ihm selbst auf, viel unterhaltsamer, als er sich selbst in Erinnerung hatte. Ihre Zurückhaltung provozierte ihn im wörtlichen Sinn, so dass er aus sich herauskam, wie seit seiner Jugendzeit nicht mehr. Er beschimpfte sich selbst, nannte sich ‚alter Bock', aber grinste sich dabei im Spiegel an, während er Feuchtigkeitscreme auf seine Dreitagestoppeln auftrug.

Das Fellersche Programm für die folgende Woche war noch etwas dichter als das der vergangenen und Ronny fürchtete insgeheim ein Desaster nach dem anderen. Aber nun – die Reden wurden in größeren Städten und Hallen gehalten – schien Feller wieder im Lot zu sein, so dass er seine Sorge als überflüssig abtat. Jedenfalls verliefen die ersten beiden Tage ohne Zwischenfälle.

Es war am Dienstagabend, als sie zu viert beim Italiener zusammensaßen, dass Linda, die zunächst wie aufgedreht daher plapperte, immer stiller wurde und sich schließlich zur Toilette begab. Als sie ungewöhnlich lange ausblieb, stand Sibill auf, um nach ihr zu sehen. Kurz darauf bemerkte Tauber, dass in der Nähe der Toilette etwas Ungewöhnliches los war. Gerade wies er Ronny darauf hin, als Sanitäter das Restaurant betraten und Sibill zu hören war, die sie rief. Tauber ging ihnen langsam nach, während Ronny losgelaufen war und, wie die Sanitäter, im Gang zu den Toiletten verschwand.

Tauber hatte keine Lust, sich nach vorne zu drängen, aber es war ihm auch so klar, dass es um Feller ging. Ronny hörte er laut reden, zuerst wohl mit ihr, dann mit den Sanitätern. Und dann kam er, um ihnen den Weg durch die Leute zu bahnen, die einen Blick auf die Person auf der Trage werfen wollten. Tauber sah, dass Feller totenblass dalag, die Augen geschlossen. Vielleicht ein Kreislaufkollaps, vermutete er, womöglich hatte sie zu wenig getrunken oder es fehlte ihr sonst etwas.

Ronny ging neben der Trage her und bemerkte Tauber überhaupt nicht. Der kehrte langsam zum Tisch zurück, wo sich Sibill bereits wieder hingesetzt hatte. „Ist sie zusammengebrochen?", fragte Tauber, während sie zu ihrem

Glas Orangensaft griff. Sibill zuckte mit den Achseln: „Kann sein, ein bisschen Drama schadet der Publicity ja bestimmt nicht." Tauber dachte laut nach: „Ich werde am besten Ronny anrufen, um mich nach ihr zu erkundigen. Womöglich gibt es Terminänderungen, zumindest morgen."

Er setzte sich und blickte Sibill so lange an, bis sie ihn fixierte. „Was ist?", fragte sie und ihre Stimme hatte einen metallenen Klang. „Du kanntest die DJane gestern Abend, deshalb bist du dorthin."

Jetzt musterte sie ihn, als sähe sie ihn zum ersten Mal. „Sie ist eine Freundin von mir. Warum fragen Sie?" Tauber griff zur Weinflasche, die auf dem Tisch stand, und füllte sein Glas auf. „Ich bin Raphael und bestehe auf dem ‚du', Sibill."

Sie blickte ihn unverwandt an und Tauber musste sich bemühen, ihrem Blick standzuhalten. Endlich sagte sie: „Von mir aus ‚du'", und hob ihr Glas, um mit ihm anzustoßen. „Kennst du auch hier in dieser Stadt jemanden, wo wir jetzt hingehen könnten? Der Abend ist ja noch lang."

Sie holte ihr Mobiltelefon aus ihrer Handtasche, tippte darauf und stand gleichzeitig auf. Nach einem undefinierbaren Blick auf Tauber verließ sie den Tisch, um ungestört sprechen zu können. Er konnte sehen, dass sie während des Telefonats keine Miene verzog, nicht lächelte, nicht entspannt wirkte. Eine Freundin wird es diesmal nicht sein, dachte er.

Als sie das Gespräch beendet hatte, kam sie langsam zum Tisch zurück, aber sie blieb stehen. „Wir sehen uns morgen, falls Ronny nicht Bescheid gibt, dass die Feller noch nicht wieder fit ist." Sie legte einen Schein auf den Tisch und ging, ohne Tauber noch einmal anzusehen.

Muss das so kompliziert sein mit Sibill – seltsamer Name übrigens – und unserer Konversation? Ich bin gerne einverstanden damit, dass ich mit ihr …. Naja, ich weiß nicht, was du mit uns beiden planst. Aber auf jeden Fall machst du es wahnsinnig umständlich, so würde ich das nie machen. Keine Ahnung, ob ihr das gefällt, dieses Vage, Unbestimmte. Ich dringe auf mehr und konkrete Aktion statt des Hin- und Hergeredes!

Über Tauber nachzudenken hatte Sibill wenig Lust, allerdings würde sie seinetwegen besonders aufmerksam sein müssen, er konnte gut beobachten und hatte eine rasche Auffassungsgabe. Vielleicht sollte sie sich ein wenig offener zeigen, um ihn zu beschäftigen.

Halt, was soll das!? Mit Tauber möchte ich möglichst wenig zu tun haben! Er versucht andauernd, mich irgendwie aufzureißen, es ist geradezu peinlich. Und jetzt soll ich mich „ein wenig offener zeigen", was heißt denn das? Die Bluse aufknöpfen oder was? Lass es nicht so weit kommen und lass mich meinen Job tun, weißt du? Tauber kann mir gestohlen bleiben!

***

Es war gut, dass sie Tauber an diesem Abend nicht mehr im Hotel antraf, so dass sie keine Ausrede für ihr Verhalten finden musste. Am nächsten Morgen erhielt sie eine Mitteilung von Ronny, dass es Feller wieder besser gehe, aber erst am folgenden Tag das geplante Programm weitergehe.

Sibill dachte nach und schrieb ihm dann zurück: ‚Sehen wir uns heute noch im Hotel, beim Mittag- oder Abendessen?' Kurz darauf meldete sich Ronny mit der Nachricht, sie würden sich zu viert am Abend in einem Restaurant in der Innenstadt treffen und alles Weitere besprechen.

Am Abend – Feller und Ronny waren mit dem Taxi unterwegs und jetzt vielleicht schon im Restaurant - brauchte Tauber nicht lange vor dem Hotel auf Sibill zu warten. Seine Begrüßung erwiderte sie mit einem stummen Nicken und fuhr los. „Wird es ein langer Abend heute?", versuchte er die Konversation in Gang zu bringen. Diesmal ein kurzer Seitenblick zu ihm, den er kaum als sympathiegetränkt betrachten konnte. Aber Tauber gab nicht auf und fuhr fort: „Wäre schön, wenn wir nach dem Treffen mal wieder gute Unterhaltung fänden, eine Disko oder eine nette Bar. Was wäre dir denn lieber?"

Der Wagen stand gerade an einer Ampel und Sibill schaute zu ihm hinüber: „Du meinst, wir könnten wieder zusammen ausgehen?" Tauber machte eine zustimmende Geste, was sie zu einem Grinsen veranlasste. Das schroffe Losfahren ließ ihn im Sitz zurückfallen und er meinte: „Das war auch eine Antwort." Jetzt schüttelte Sibill lächelnd den Kopf und erwiderte: „Hätte nicht gedacht, dass du dich so leicht ins Boxhorn jagen lässt."

Tauber brummte etwas, das nicht zu interpretieren war, worauf Sibill erst recht zu lachen begann. Aber sie sprach nicht weiter und schweigsam legten sie den Rest des Weges zurück.

Ihr Ziel war ein einfaches Restaurant, einladend eingerichtet und vor allem, das war Tauber bald klar, fast leer. Es sollte keine Publicity entstehen, so viel stand fest. Sie mussten nicht lange warten, bis Ronny und Linda erschienen.

Sie sah blass aus, aber ihr Auftreten bewies, dass sie genauso energiegeladen war wie zuvor. Als alle ihre Mahlzeit bestellt hatten, begann die Besprechung. „Morgen wird die Tour wie geplant fortgesetzt", begann Linda, „allerdings werden meine Reden kürzer und meine Pausen dazwischen länger ausfallen. Es sind nicht mehr viele Stationen, die möchte ich trotz allem besuchen." Ronny schaute in die Runde, sah zu Sibill und Tauber, wandte sich dann an Linda: „Bist du sicher, dass du es durchhältst? Ein Tag Pause reichte?" Fellers Geste war eindeutig, sie war bereit. „Greift zu", sagte sie, und aß selbst mit Appetit weiter, „ich hoffe, es schmeckt euch."

Nach dem Essen, Sibill war gerade auf der Toilette, lud Linda alle auch für eine letzte Runde Getränke ein, die Sibill beim Zurückkommen mitbrachte. Sie stießen gemeinsam auf Lindas weiteren Erfolg an, danach fuhren Linda und Ronny ins Hotel zurück.

Tauber und Sibill gingen zum Tresen, um noch ein Glas zu trinken. „Sie ist hart im Nehmen und ein Stehaufmännchen." Tauber grinste: „Muss man wohl sein, wenn man so einen Posten ergattern will." Und nach einem Schluck Bier sagte er: „Du bleibst konsequent, kein Alkohol?" Sie hob ihr Glas mit Mineralwasser: „Never." „Wegen des Jobs, nehme ich an." Tauber versuchte mit seiner halben Frage das Gespräch aufrecht zu erhalten." „Es steht zu viel auf dem Spiel", erwiderte sie etwas rätselhaft. „Und", setzte sie entschlossen fort, „es ist immer wieder interessant zu beobachten, wie sich Leute, die sich betrinken, danebenbenehmen können." „Oder", fügte Tauber hinzu, „wie gefährlich sie für andere sind."

„Allerdings", setzte er fort, „gefährlich können auch die Nüchternen sein, wie du zum Beispiel." Sibill bat stumm nach einer Erklärung. „Nun, ich frage mich, für wen du arbeitest, wenn du Linda was ins Getränk schüttest. Ich wette, morgen Früh bekommen wir die Nachricht, dass es ihr nicht gut geht. Es wird heißen, sie sei zwar nicht todkrank, aber sie werde nicht in der Lage sein, die Tour fortzusetzen."

Sibill setzte das Glas, das sie in der Hand hielt, behutsam auf den Tresen. „Ich verstehe nicht; ich arbeite für Lindas Partei, die hat mich angestellt." Sie sprach so natürlich und entspannt, dass Tauber an seiner Beobachtung zweifelte. Aber er sagte: „Wir werden es sehen, morgen Früh. Ach ja, ich bin müde, lass uns gehen." Er zahlte für beide und hakte sie unter, als sie zum Wagen gingen.

In der Lobby des Hotels verabschiedete er sich von ihr. „Entschuldige, ich wollte dir keine schlaflose Nacht bereiten." Sibill zuckte nur mit den Achseln und verschwand gleich darauf im Hotellift.

Also, jetzt hetzt du mir doch diesen Tauber auf den Leib, hab' ich es nicht befürchtet!? Und ich sehe schon voraus, das wird für mich nun ein Knochenjob, so habe ich es mir nicht vorgestellt. Es machte mir nichts aus, irgendwie suspekt zu erscheinen und den schwarzen Peter in der Hand zu bekommen. Aber was sollen alle diese Andeutungen!?

Die Nachricht des folgenden Morgens überraschte weder Tauber noch Sibill. Ronny, der sich sorgend wie eine Mutter um Linda kümmerte, setzte sich mit der Parteiführung in Verbindung, um über das weitere Vorgehen zu beraten. Linda

Feller wiederum fühlte sich so elend wie nie, was sie daran hinderte, den eigentlich fälligen Wutausbruch zu zelebrieren. Man zog einen Arzt hinzu, der auch keinen besseren Rat wusste als Diät und zwei Tagen absolute Ruhe.

Tauber hatte, wenn er ehrlich war, wenig Lust, sich in die Sache zu vertiefen. Er war sich nun zwar sicher, dass Sibill Fellers Auftritte sabotierte; aber wusste nicht, wer dahintersteckte. Wahrscheinlich ein politischer Konkurrent, aber davon gab es mehrere. Nachweisen konnte er Sibill gar nichts, das war klar. Dass sie von sich aus auch nur das Geringste zugeben würde, nahm er nicht an.

So ließ er diesen Tag erst einmal vergehen und wartete auf eine weitere Nachricht von Ronny. Um sein Engagement zu demonstrieren, schickte er nachmittags eine SMS an ihn und erkundigte sich nach Fellers Gesundheitszustand. Es gehe ihr allmählich wieder etwas besser, aber Verlässliches könne erst nach weiteren 24 Stunden gesagt werden, so Ronnys Antwort. Eine gleichlautende Nachricht erhalte auch Sibill.

Als Sibill am folgenden Tag, es war gegen Mittag, unvermutet vor seiner Tür stand, war Tauber im ersten Augenblick zwar verblüfft, aber dann fand er es mutig von ihr. Sie trat so cool auf, dass er sich ebenfalls locker gab und sie, auf dem Weg ins Café nebenan, immer besser ins Gespräch kamen.

Sibill brachte es fertig, ihn zum Reden zu bringen, aus seinem Leben zu erzählen. Warum er Polizist geworden war, konnte er ihr nicht erklären, er wusste es selbst nicht mehr. „Und jetzt nur noch Dienst nach Vorschrift?" Sie lachte ein wenig, was sie ihm erheblich sympathischer machte. „So wie es aussieht, gibt es gerade ein Problem mit den Vorschriften. Ich müsste dich festnehmen." Jetzt lachte Sibill erst recht. „Was hab' ich denn verbrochen, Herr Kommissar?" Tauber stand langsam auf, ging um den Tisch herum und stellte sich hinter sie. Unwillkürlich straffte sie sich.

„Ich frage dich noch einmal: Für wen arbeitest du?" Sibill schwieg und griff dann langsam zu ihrer Kaffeetasse. Als sie sie abgesetzt hatte, stand sie auf, so dass Tauber zurücktreten musste. Sie blickte ihn auf ihre eigene, so undurchschaubare Art an und sagte: „Ich kenne da ein ganz besonderes Restaurant und im Augenblick bin ich ziemlich hungrig."

> *Was soll das denn nun werden, Sibill und ich? Mittlerweile ist mir klar, es soll gar nichts zwischen uns beiden klappen, das ist es doch, was du vorhast! Außerdem – lass dir was einfallen, wie ich aus dem Schlamassel wieder rauskomme. Sage ich nichts von meiner Beobachtung, geht es genauso weiter. Schöpft dann irgendwann irgendwer Verdacht und Sibill singt, bin ich dran. Oder ich sage Bescheid und stehe dann da wie ein Trottel, weil ich keine Beweise in der Hand habe. Beschissen ist das!*

Nach dem Essen fuhren sie los. „Ich weiß, wo und wie wir uns besser kennenlernen können." Und nach einem Seitenblick fuhr Tauber fort: „Braucht allerdings etwas Mut dafür." Sibill zuckte leichthin die Achseln und meinte: „Bin gespannt, Herr Kommissar."

Ein wenig blass wurde sie allerdings schon, als sie sah, wie hoch es im Hochseilgarten hinauf ging. „Soll ich voraus klettern?" Anstelle einer Antwort stieg sie die Strickleiter hoch und grinste, als sie in sieben Meter Höhe angekommen war. Sie war schon weitergegangen, als Tauber oben anlangte. Ein wenig außer Atem gekommen, schaute er ihr nach.

Bei einer Zwischenstation wartete sie endlich auf ihn. „War eine gute Idee von dir! Weiter geht's." Sie war dermaßen geschickt, dass Tauber sich fragte, was er noch mit ihr anstellen musste, um sie in Verlegenheit zu bringen. Allerdings konnte er seine Gedanken nicht weiterverfolgen, um sich nicht selbst in Gefahr zu bringen. Gerade hangelte er sich über die Seilbrücke, die unter seinem Gewicht deutlich durchhing und hin und her schwang.

Als sie wieder auf festem Boden standen, meinte Sibill: „Ok, das war der richtige Verdauungsspaziergang. Hast du sonst noch Pläne für heute, für uns beide, meine ich?" Wieder grinste sie in einer Mischung von Unverschämtheit und Charme, die Tauber so zu schaffen machte. Aber er wollte nicht klein beigeben und erwiderte: „Wir könnten noch etwas tun für unsere kulturelle Bildung, Museum und so." Sie zog eine Schnute und schüttelte den Kopf: „Kino, das kann ich mir vorstellen. Aber am Nachmittag?" Sie einigten sich darauf, zuerst das Kinoprogramm zu sichten, um dann zu entscheiden.

Es war ein Krimi, der sie beim Zuschauen dazu brachte zu wetten, wer der oder die Täter seien. Tauber war nicht wenig erleichtert, als klar wurde, dass er richtig getippt hatte. „Alles andere wäre ja auch peinlich gewesen, Kommissar."

Sie standen vor dem Kino und jetzt lachte sie offen und herzlich, so dass Tauber mitlachte. In diesem Augenblick erhielten beide kurz nacheinander eine SMS. „Wird von Ronny sein", sagte Tauber und Sibill bestätigte es ihm. „Nächster Treff übermorgen, 19 Uhr".

Die Pause, die sich nun für eine Weile einstellte, beendete Tauber mit der Frage: „Wie soll es beim nächsten Mal passieren - gleiches Mittel, eine etwas höhere Dosis, damit es reicht für das Wochenende?" Sibill zeigte keinerlei Überraschung. „Ach, weißt du, deine Theorie ist und bleibt Theorie." Mit einem kurzen Winken verabschiedete sie sich von ihm. „Bis übermorgen Abend!", rief Tauber ihr nach.

So, da sind wir nun ja schon halb miteinander verkuppelt. Wenigstens stehe ich nicht als kriminell da! Ja, da kann ich mich ausnahmsweise nicht beklagen. Und dass ich als mutig und geschickt dargestellt werde – geht in Ordnung. Übrigens: Bin gespannt, was der Kommissar weiter versuchen wird. Ich würde mich wahnsinnig aufregen, wenn er was rauskriegen sollte. Das darf auf keinen Fall sein, ist das klar?

***

Dass sie montags am späten Vormittag wieder zu viert im Auto saßen, war bei der Besprechung entschieden worden. Während Feller und Ronny sich über irgendetwas berieten, herrschte in der ersten Reihe Ruhe, bis Taubers Telefon läutete.

Was er las, ließ ihn erstarren, aber er reagierte trotzdem sofort. „Wir müssen anhalten, sofort." Sibill fuhr ungerührt weiter, aber Linda rief: „He, was ist los?" „Anhalten, jetzt, sofort!", kommandierte Tauber noch einmal und diesmal hielt Sibill auf dem Seitenstreifen der Autobahn. „Alles raus hier!", war die nächste Anweisung. Wenigstens klappt das jetzt, dachte Tauber und lotste die drei ein ganzes Stück weit vom Wagen weg.

„So, das sollte reichen." Er holte sein Mobiltelefon heraus und zeigte das Display. „Bombendrohung, für hier und jetzt. Ich informiere die Polizei."

Feller blieb auffallend still, Ronny begann hektisch zu telefonieren und Sibill behielt den Wagen im Auge, ohne Tauber dabei zu vergessen. Es dauerte eine volle Viertelstunde, bis das erste Polizeiauto in gebührender Entfernung anhielt und die Beamten begannen, eine Straßensperre zu errichten. Bald danach kam ein zweites Auto und dann die Feuerwehr, deren Kommandant als erstes Tauber befragte. Der zeigte noch einmal den Text der Warnung und sagte: „Ich glaub' zwar nicht, dass da was dran ist, aber ich kann mich natürlich irren."

In diesem Augenblick ging Ronny zu seiner Chefin und sagte: „Wir werden im Polizeiauto weiterfahren können, dann haben wir vermutlich kaum mehr als die übliche Verspätung." Linda schaute ihn an, als sei sie Welten weggewesen, dann platzte sie heraus: „Spinnst du, im Polizeiwagen ankommen? Nie im Leben! Was gibt das für eine Schlagzeile mit entsprechendem Foto?" Sie war dermaßen empört, dass es sogar Ronny überraschte, Tauber sich nicht zum ersten Mal wunderte und Sibill sich lächelnd abwendete.

Es dauerte eine volle Stunde, bis das Auto – dreimal durchsucht – als sicher galt und die Fahrt fortgesetzt werden konnte. Man kam natürlich viel zu spät und niemand, außer dem Veranstalter, war mehr da. Feller wies Ronny an, eine passende Pressemitteilung zu verfassen. „Heute Abend geht es weiter wie geplant. Wir sehen uns zuvor im Hotel, 18 Uhr." Ronny wandte sich an die Sibill und Tauber: „Wenn wir uns beeilen, kriegen wir noch was zu essen. Dann ist frei bis 18

Uhr. Und nach der Rede nochmal Treff in der Hotelbar. Alles klar?"

Allmählich kenne ich mich nicht mehr aus: Was ist diese Linda für eine Person? Sie verhält sich doch total widersprüchlich, mal souverän, mal hysterisch, mal ist sie wie weggetreten, dann wieder ist sie auf den Punkt präsent. Kapier ich einfach nicht. Eine Politikerin tickt doch ganz anders, ist jemand, die sich total in der Hand hat. Diese Linda ist keine Politikerin, so nicht! Ich versteh's nicht! So kann's nicht weitergeh'n! Wenigstens haben sie auf mich gehört, als die Warnung kam.

Während Tauber sich nachmittags den Vortragssaal des Abends und sein Umfeld ansah, legte sich Sibill hin und hing ihren Gedanken nach. Sie war zu diesem Job gekommen, weil ihr alter Chef sie empfohlen hatte. Es war ein Zufallsjob gewesen, den sie bekommen, aber mit Engagement ausgefüllt hatte. Danach wollte sie eigentlich das Studium wieder aufnehmen, das sie aus Geldmangel hatte aufgeben müssen. Dann war dieses lukrative Angebot von der Partei gekommen, vier Wochen gutes Geld und das weitere Angebot dazu, da konnte sie nicht 'nein' sagen.

Das Vorgespräch, von Ronny geleitet, fiel kurz aus. Linda war positiv überrascht, dass Tauber sich im Vorhinein umgeschaut hatte. „Also, diesmal keine Probleme zu befürchten?" Er zuckte mit den Achseln: „Man weiß ja nie." „Ronny, du hast die Technik geprüft und mit den Leuten vor Ort gesprochen. Alles klar?" Er bejahte Lindas Frage und fragte zurück: „Und du, wieder OK und alles in Ordnung?" Sie bedachte ihn mit einem Blick, der alle weiteren Fragen überflüssig machte.

Wenigstens jetzt werde ich als Profi in der Politik dargestellt. Hoffe, dass an diesem Bild nicht mehr gerüttelt wird! Aber die Darstellung zuvor – fürchterlich! Ich bin weder hysterisch noch mega cool, ganz normal eben!

Diesmal war der Saal so gut besetzt, dass Linda Feller zufrieden sein konnte. Doch gerade hatte die einführende Rednerin das Publikum begrüßt, als die Eingangstüren aufgerissen wurden und ein halbes Dutzend Leute hereinströmte, die lautstark riefen: ,No, Feller, no! No, Feller, go!' Sie stürmten auf die Bühne, drängten zuerst Ronny, dann Tauber zur Seite. Auch der Veranstaltungsleiter versuchte vergeblich, die Meute von der Bühne zu schieben.

In diesem Augenblick verlor Linda die Nerven und begann, auf die nächststehenden Demonstranten loszuschlagen und zu boxen. Einer von ihnen zückte sein Handy, filmte - und das war's dann. Linda verließ die Bühne, begleitet vom Gelächter der Gruppe, die so schnell, wie sie gekommen war, aus dem Saal stürmte, bevor sie von den Ordnern hinausgeworfen werden konnte.

Tauber lief hinterher und vergewisserte sich, dass sie nicht mehr zurückkamen. Er nahm sich die Ordner vor und stauchte sie so zusammen, dass keiner auch nur den Versuch einer Verteidigung der eigenen Untätigkeit machte. Danach wartete er bei der Bühne auf Ronny, der erst nach einer Viertelstunde erschien. „Sie ist total fertig. Ich weiß nicht, wie es nun weiter gehen wird."

Diesmal hatte ich allerdings keine Chance, bei dem Vorfall gut auszusehen. Wenigstens wurde klar, dass ich allein gegen solch eine Gruppe von Randalierern nichts ausrichten konnte. Aber warum bin ich überhaupt in dieser Geschichte, wenn ich mich nicht in meinem Job beweisen kann?

Als am selben Abend im Fernsehen vom Vorfall berichtet wurde und Ausschnitte der Rauferei zu sehen waren, warf Linda Feller das Handtuch. In allen Social Media ließ sie vermelden, sie nehme eine Auszeit aus der Politik und werde sich anderen Aufgaben widmen.

Hallo, das war nicht ausgemacht! Mit was für einer Blamage muss ich da aus dieser Geschichte abtreten. Natürlich, die Frau versagt, die Männer siegen. Mir reicht's!!

Es dauerte keine Woche, bis Ronny Leisers Kandidatur anstelle der von Linda Feller bekannt gemacht wurde. Allerdings munkelte man, dass er selbst hinter den Aktionen stand, die innerhalb weniger Tage Fellers Karriere ein Ende gesetzt hatten.

Bitte, jetzt werde ich als Buhmann hingestellt! Die arme Feller, Opfer einer innerparteilichen Intrige! Das soll wohl suggeriert werden. Es könnten genauso gut Tauber oder Sibill dahinterstecken. Ich protestiere und dementiere!

Ronny, was sollte ich für ein Interesse an diesem Ende finden? Nur du ziehst einen Nutzen aus Fellers Aus, nicht ich. Allerdings habe ich mich die

*ganze Zeit gefragt, ob nicht Sibill dahintersteckt.
Ist sie noch da?*

*Natürlich, aber was schert mich euer
Lamentieren. Ich habe meinen Job gemacht, und
wer eigentlich von all dem profitiert, weiß ich
auch nicht. Und ihr, ihr könnt's mich mal!*

Aber auch Ronny Lager scheiterte als Kandidat für das Amt
des Finanzministers und schied, als Gerüchte über ein
Komplott von ihm immer häufiger die Runde machten, aus
dem politischen Leben aus.

Tauber verbrachte die restlichen Jahre seiner Dienstzeit
hinter dem Schreibtisch, während Sibill nie wieder als
Chauffeuse tätig wurde, sondern ihr Jurastudium mit ‚Summa
cum laude' beendete.

Ms. Voss

Es war ruhig in der Siedlung geworden, schon seit langem, denn die Kinder waren mittlerweile erwachsen und kamen nur noch besuchsweise zu ihren Eltern. Damals waren die Häuser alle etwa zur gleichen Zeit errichtet worden von jungen Familien, deren Väter sich gegenseitig beim Bau der Häuser und beim Anlegen der Vorgärten halfen. Zäune zwischen den Grundstücken gab es kaum welche, so dass die Kinder einander problemlos besuchen konnten. Sie nutzten die Rasenflächen vor den Häusern zum Spielen oder für ein Picknick.

Jetzt, wo man älter geworden war, nahmen die Kontakte unter den Siedlungsbewohnern allmählich wieder zu, ob beim Rasenmähen oder anderen Tätigkeiten. Hier und da war auch schon jemand gestorben und die Häuser waren für allein lebende Bewohner eigentlich längst zu groß geworden.

Ms. Voss wusste ihren Gatten schon seit einigen Jahren auf dem Friedhof, den sie zwei oder dreimal im Jahr besuchte. Die Pflege des Grabes hatte sie einem Gärtner übergeben und um sich von dessen Arbeit zu überzeugen, reichten die wenigen Besuche. Die Einkäufe erledigte sie meist noch selbst mit dem Kleinwagen, den sie sich nach dem Tod von Mr. Voss gekauft hatte und mit dem sie die kurzen Wege ins Zentrum problemlos bewältigen konnte.

Wäre man von ihr eingeladen worden, hätte man eine blitzblank geputzte Wohnung zu sehen bekommen. Sie war gewiss kein Putzteufel, sondern die Tätigkeit selbst verschaffte ihr eine gewisse Befriedigung. Zudem liebte sie die Gerüche von Sauberkeit, die in Küche, Wohnzimmer,

Badezimmer und im Schlafzimmer durchaus unterschiedlich waren.

Überhaupt konnte sie sich für Dinge begeistern, die anderen nichts bedeuteten. Mit ihrer Kamera, einem uralten Modell übrigens, fotografierte sie auf ihren regelmäßigen Spaziergängen, die sie stets nur von ihrem Haus aus unternahm, einzelne Blumenblüten oder Spinnennetze oder die Tautropfen, die sich auf Blättern oder Gräserspitzen über Nacht gebildet hatten. Die Fotos ließ sie im Geschäft entwickeln, manchmal auch vergrößern, und sie hatte Mappen angelegt, in denen sie ihre ‚Beute', wie sie es nannte, säuberlich geordnet untergebracht hatte.

Ms. Voss war froh, dass es nun schon seit einigen Jahren in der Siedlung ruhiger geworden war. Die Kinderspiele vor dem Haus, manchmal sogar in der Wohnung hatten sie in den ersten Jahren ihrer jungen Familie gefreut, denn Dennis und Melanie waren Kinder, die Nachbarskinder eher nicht besuchen wollten. Sie mochten es aber, Besuch zu bekommen, und konnten mit selbstgebackenem Kuchen, der zu Hause stets verfügbar war, ihre Freunde geradezu anlocken.

Als Melanie und Dennis älter wurden, fanden solche Treffen seltener statt, nicht nur deshalb, weil Kuchen und andere Köstlichkeiten weniger interessant geworden waren. Es waren die kritischen Blicke ihrer Mutter, die im Nachhinein stets etwas an den jungen Damen und Herren auszusetzen hatte, welche ins Haus hereingeschneit kamen. Später fragte Ms. Voss nicht mehr, wohin ihre Kinder gingen, auch wenn sie manchmal nachts aufwachte, weil die Haustür geräuschvoll ins Schloss fiel.

Zu dieser Zeit lebte Mr. Voss noch. Er war ein großer ruhiger Mann, der in einer Beratungsfirma arbeitete und häufig tagelang unterwegs war. Den Kindern war er ein liebevoller Vater, der zwar die Erziehung seiner Frau überließ, aber stets nach Kräften die Anliegen seiner beiden Kinder unterstützte. Entsprechenden Diskussionen mit seiner Frau ging er nicht aus dem Weg und meist gelang es ihm mit nie endender Geduld, den Unmut seiner Frau zu beruhigen und sie von der Richtigkeit seines Verhaltens zu überzeugen. Er kannte sie lange genug, um zu wissen, dass sie ihre Ängstlichkeit gerne überspielte und nur das Gefühl von ihm brauchte, dass alles mit rechten Dingen zuging, auch wenn sie ihre größer werdenden Kinder immer weniger verstand.

Es war ein Verkehrsunfall gewesen, nach dem er noch ein paar Tage im Krankenhaus lag und sie nicht wusste, was er hörte und verstand. Sie hatte sich so hilflos gefühlt und war jeden Tag an seinem Bett gesessen. Aber sie hatte nicht gewusst, was sie mit ihm sprechen sollte. Sie liebte ihn noch immer, nur anders als zu Beginn ihrer Ehe. Er war immer freundlich und respektvoll zu ihr gewesen und hatte es in den letzten Jahren akzeptiert, dass sie gerne früh zu Bett ging und stets fest schlief, wenn er schlafen ging. Dafür war sie morgens immer schon sehr früh auf den Beinen, auch wenn es Wochenende war. Überhaupt hatten sie, nachdem die Kinder gekommen waren, immer seltener miteinander geschlafen und dass er sie nie deswegen bedrängt hatte, rechnete sie ihm hoch an.

Er hatte sie auch in jenen Zeiten nie weniger liebevoll behandelt, auch wenn er, wie sie erst im Nachhinein bemerkte, zu Zeiten etwas abwesend und wortkarg schien.

„Meine Liebe, manchmal bin ich müde von der Arbeit, das verstehst du doch." Dann vermisste sie die Gespräche, die sie in jüngeren Jahren miteinander geführt hatten. Denn er konnte von seiner Arbeit durchaus interessant erzählen und schilderte die beteiligten Personen oft so humorvoll, dass sie aus dem Lachen kaum herauskam. Und sie selbst las ihm aus ihren Romanen, die ihr nie ausgingen, abends gerne vor, auch wenn er manchmal dabei einschlief.

Von den Kindern, die zunächst studiert und dann geheiratet hatten, hörte sie wenig. Die beiden ließen sich auch viel zu viel Zeit, um selbst Kinder in die Welt zu setzen. Auf Enkel hatte sie sich zuerst gefreut, aber allmählich hatte sie das Gefühl, es würde ihr zu viel werden, das Baby- und Kindergeschrei.

***

Es war am späten Vormittag in den ersten Tagen des April, die ungewöhnlich warm waren, als es an der Haustür läutete. Durch das dicke Glas konnte sie eine männliche Gestalt erkennen. Sie zögerte noch etwas, öffnete dann aber vorsichtig die Eingangstür. Mr. Kelly hatte sich schon einige Schritte vom Haus entfernt und drehte sich nun um, als er seine Nachbarin rufen hörte: „Mr. Kelly, sind Sie es?" Mit einer Einkaufstasche in der Hand kehrte er um. „Guten Morgen, Ms. Voss. Schauen Sie, ich war gerade einkaufen und habe auf dem Markt einen neuen Stand mit Gemüse entdeckt. Wenn Sie möchten, kann ich Ihnen gerne etwas davon überlassen, ich habe einfach zu viel für mich allein ein-gekauft." Er lächelte und zeigte ihr die geöffnete Tasche, in der verschiedene Gemüse untergebracht waren.

Ms. Voss wusste erst gar nicht, was sie sagen sollte. Es war nett von Mr. Kelly, an sie zu denken, aber sofort fragte sie sich, wie es sein könne, dass man zu viel einkauft. „Es ist schrecklich nett von Ihnen, aber meine Vorratskammer ist gut gefüllt und es wäre schade, wenn etwas davon verderben würde." Sie zeigte ihr freundlichstes Gesicht und bedankte sich noch einmal. „Dann haben Sie noch einen schönen Tag, Ms. Voss." Mit gleichmäßigen Schritten ging Mr. Kelly über den Rasen hinüber zu seinem Haus.

Ms. Kelly war etwa zwei Jahre nach Mr. Voss gestorben, sie hatte Krebs gehabt. Die beiden hatten nur eine Tochter, die ihren Vater ab und zu besuchte. Ms. Voss wusste nicht, wo sie lebte und was sie beruflich machte. Seitdem die Kinder hier wie dort aus dem Haus waren, hatte sie mit ihrem Nachbarn kaum jemals länger geredet. Irgendetwas mit Geld und Finanzen hatte er früher zu tun gehabt. Er und Mr. Voss hatten sich immer wieder einmal getroffen und sich über ihre Arbeit unterhalten. „Ein netter Mann, Mr. Kelly, er gibt mir manchmal einen Tipp, wie ich unser Geld gut anlegen kann."

Sie konnte ihn sehen, wenn sie von der Küche aus hinausblickte. Offenbar war er gerne im Freien, mähte den Rasen, schnitt an den Büschen herum und sie hatte ihn sogar schon auf den Nussbaum auf seinem Grundstück klettern sehen, weiß der Himmel, was er da tat.

***

Als am nächsten Vormittag das Telefon läutete, dachte sie, warum auch immer, sofort an Mr. Kelly. Und er war es in der Tat. „Ms. Voss, verzeihen Sie mir, wenn ich Sie störe. Ich bin gerade am Kochen und nun merke ich, dass ich viel zu viel zubereitet habe. Hätten Sie nicht Lust herüberzukommen? Es gibt überbackenen Brokkoli und Pasta, dazu grünen Salat. Eine Nachspeise will ich auch noch zubereiten."

Sie wusste nicht sofort etwas zu erwidern und hörte ihn räuspern. „Nun, Mr. Kelly, Sie überraschen mich mit ihrer, nun ja, Einladung." „Ja, es ist eine Einladung, die Sie hoffentlich annehmen wollen." Unwillkürlich straffte sich Ms. Voss' Haltung. „Ach, entschuldigen Sie, Mr. Kelly, ich will heute Vormittag noch meine Tochter besuchen und ich weiß nicht, wie lange ich bleiben werde. Herzlichen Dank dennoch für Ihre nette Einladung."

Als sie das Telefon weglegte, merkte sie, dass ihr heiß geworden war. Zum Glück war ihr die Ausrede rechtzeitig eingefallen. Aber dann ärgerte sie sich, dass sie nun wegen Mr. Kelly das Haus für ein paar Stunden verlassen musste, damit ihre Lüge glaubhaft war. Hätte er sich nicht so sicher gegeben, dass sie die Einladung annehmen würde, dann hätte sie sich vielleicht dazu entschließen können. Überhaupt war es so, dass sie, wie auch am Vortag, solch plötzliche Überraschungen nicht liebte.

Noch immer stand sie an derselben Stelle, bis sie schließlich zur Küche hinüberging, von wo sie zum Haus von Mr. Kelly schaute. Dort, hinter den großen Fenstern des Wohnzimmers, konnte sie allerdings keine Bewegung erkennen.

Sie setzte sich und nippte an ihrem Kaffee, der inzwischen fast schon kalt geworden war. Mr. Voss war darin ein Meister gewesen, sie zu überraschen, ohne dass sie sich überrumpelt fühlte. Immer wieder einmal hatte er sie abends ausgeführt, in ein Restaurant oder ins Theater, und er hatte das mit so viel Charme und Überzeugungskraft getan, dass sie sich kaum je unwohl dabei gefühlt hatte.

Seufzend stand sie auf und kramte in ihrem Kleiderschrank, um etwas Passendes zum Anziehen zu finden. Sie trug zu Hause stets nur die schon abgetragenen Kleider, für draußen zog sie sich immer um. Dann schaute sie hinaus, um die Wetterlage zu prüfen. Es war windig, bestimmt kühler als am Vortag, womöglich konnte es regnen.

Als sie im Wagen saß, fing es tatsächlich an zu tropfen und sie befürchtete, dass der Regen zunehmen würde. Sie fühlte sich dann nicht mehr wohl beim Fahren, wenn alles sich in der Nässe spiegelte und Scheinwerfer sie blendeten. Aber es blieb ihr nun nichts anderes mehr übrig und so fuhr sie aufs Geratewohl davon, um erst am Nachmittag zurückzukehren.

* * *

In den nächsten Tagen und Wochen schaute sie immer wieder einmal durch ihr Küchenfenster hinaus und nicht selten sah sie ihren Nachbarn, der wieder häufiger den Rasen mähte oder auch an seinem Auto herumtat. Am Abend war er im beleuchteten Wohnzimmer zu sehen, wobei er die Vorhänge nicht zuzog, was er offenbar immer häufiger vergaß. Er wird alt und vergesslich, dachte Ms. Voss, das würde mir nicht passieren. Ich setze mich doch nicht in die Auslage. Manchmal konnte sie auch beobachten, dass er Besuch von seiner Tochter bekam, die nun offenbar Mutter geworden war, denn sie hatte immer einen Baby Sitz dabei.

Das Kind bekam sie nicht zu Gesicht, es war wohl noch ganz klein. Und den Vater des Kindes sah sie auch nie.

Eines Abends, es war noch hell draußen und schon recht warm, sah sie Mr. Kelly am Rande seines Grundstücks stehen, er winkte ihr. Es blieb ihr nichts anderes übrig, als das Fenster zu öffnen. „Ms. Voss, wie geht es Ihnen, wir haben uns lange nicht gesehen."

Er kam über den Rasen näher, um die Verständigung zu erleichtern. „Ja, das ist richtig, Mr. Kelly, wir haben uns lange nicht mehr gesehen." Sie kam sich unendlich dumm vor, weil sie nichts anderes als seine Worte zu wiederholen vermochte. „Wissen Sie, ich habe einen wunderbaren Grapefruitsaft zu Hause. Und mir ist gerade eingefallen, dass Ihr Mann mir einmal erzählte, wie gerne Sie Grapefruitsaft trinken. Wenn Sie möchten, dann kommen Sie doch für ein Weilchen zu mir herüber. Aber lassen Sie sich nur Zeit, ich möchte Sie nicht drängen." Sie wusste nicht, was sie sagen sollte, und konnte nach ein paar Sekunden, die er geduldig abwartete, nur nicken. „Wunderbar! Sie finden mich hinter dem Haus auf der Terrasse."

Es blieb ihr nichts anderes übrig, als nach einem Ausgehkleid zu schauen. Sie ließ sich viel Zeit, drängen lassen wollte sie sich nicht von Mr. Kelly. Im letzten Augenblick überlegte sie noch, ob es sich gehörte, etwas als Besuchsgeschenk mitzunehmen. Aber das würde er vielleicht missverstehen und so überlegte sie nicht weiter.

Langsam ging sie über den kurz geschnittenen Rasen hinüber. Die Fenster des Nachbarhauses waren geöffnet, so dass die

Vorhänge im Windzug heraushingen. Missbilligend schüttelte sie den Kopf und bog dann um die Ecke des Hauses. Eine niedrige Hecke begrenzte auf dieser Seite das Grundstück, davor war ein schmaler Streifen eines Blumenbeetes angelegt. Es schien ihr gut gepflegt zu sein.

Sie folgte dem schmalen Kiesweg und sah den Pool, der im hinteren Garten den größten Raum einnahm. Auf der Terrasse standen vier Sessel um einen metallenen Tisch, auf dem sich eine Karaffe mit Wasser und ein Tablett mit zwei Gläsern befanden. Mr. Kelly war nicht zu sehen, die Verandatür des Hauses stand offen. Unwillig blieb sie stehen und wäre fast wieder umgekehrt, wenn Mr. Kelly nicht in diesem Augenblick aus dem Haus getreten wäre.

Er hatte eine weitere Karaffe in der Hand, offenbar gefüllt mit dem angekündigten Grapefruitsaft. „Setzen Sie sich doch, Ms. Voss, alles ist schon gerichtet." Sie ließ sich gerne den Sessel zum Setzen hinschieben und versuchte sich zu entspannen. „Jetzt habe ich doch noch etwas vergessen. Ich bin gleich wieder da." Er stand wieder auf und ging davon, während sie sich umschaute.

Es musste schon viele Jahre her sein, dass sie einmal mit Mr. Voss hier gewesen war. Ja, jetzt fiel es ihr ein: Damals war der Pool ganz neu gebaut und die beiden Männer unterhielten sich darüber, wie so ein Ding zu warten und zu pflegen sei. Sie selbst hatten sich nie für so etwas erwärmen können. Es hätte nur viel Arbeit bedeutet und die beiden Kinder konnten bei Freunden in der Nähe baden gehen, wenn sie wollten. Jetzt merkte sie erst, dass gar kein Wasser eingelassen war, obwohl es ja nicht erst seit kurzem richtig warm, ja geradezu heiß geworden war. Froh darüber, dass sie nun ein Gesprächsthema gefunden hatte, lehnte sie sich beruhigt auf ihrem Sessel zurück.

Mit einer Schale voller Kekse kam Mr. Kelly zurück. „Greifen Sie gerne zu, wenn Sie mögen." Er schenkte ihr Glas voll und prostete ihr zu. Sie trank und stellte fest, dass der Saft weder zu kalt noch zu warm war. „Ihr Pool ist gar nicht gefüllt?" Sie schauten beide hinüber in die hellblaue Leere des Beckens. „Nun, ich habe lange überlegt, Ms. Voss, ob ich ihn noch einmal befülle, aber für mich allein lohnt all der Aufwand nicht und so habe ich es gelassen. Würden Sie denn gerne hier schwimmen wollen?" Erschrocken fasste sie sich an den Mund. „Aber nein, ich schwimme doch nicht mehr." Sie zögerte und wusste nicht, wie sie ihre Mitteilung begründen wollte. In einem Badeanzug wäre sie sich lächerlich vorgekommen, auch wenn sie durchaus noch gut in Schuss zu sein glaubte. „Nun ja, ich bin ja auch nicht mehr der Jüngste, aber Bewegung schadet uns in unserem Alter bestimmt nicht."

Er lächelte ihr zu, aber sie verzog keine Miene. „Also, wie ich sagte, für mich allein lohnt es sich nicht und meine Tochter mit dem Baby legt zumindest zurzeit noch keinen Wert darauf, hier schwimmen zu können." Ms. Voss lächelte und erwiderte: „Ist es ein Junge oder ein Mädchen?" „Ein Mädchen, Chelsea heißt sie. Warten Sie, ich hole ein Foto von ihr." Wieder stand er auf und ließ sie allein am Tisch zurück. Sie trank noch einmal einen Schluck, der Saft war nun doch schon etwas zu warm geworden. Warum hatte er kein Eis gerichtet? Und überhaupt, was war Chelsea für ein Name!

War das nicht eine Stadt irgendwo in Europa? Und das für ein Mädchen!

Mr. Kelly hatte eine dünne Mappe in der Hand, die er geöffnet vor Ms. Voss auf den Tisch legte. „Hier ist sie. Sie können gerne einmal durchblättern." Sie schaute weniger auf das Baby, das aussah wie alle Babys aussehen, und sah sich vor allem Mr. Kellys Tochter an, deren Name ihr entfallen war. „Wie war doch gleich der Name ihrer Tochter, Mr. Kelly?" „Teresa, Ms. Voss, Teresa."

Sie gab ihm die Mappe wieder zurück und er blickte noch einmal versonnen auf die Fotos. Dann sagte er: „Freuen Sie sich auf Enkelkinder, Ms. Voss, sie bringen unser einem so viel Freude, glauben Sie mir!" Sie hatte ihr Glas noch nicht leer getrunken und so musste sie noch etwas sitzen bleiben. „Wie geht es denn Ihrer Tochter Melanie, Ms. Voss?"

Nach kurzem Besinnen fiel ihr ein, warum er nach ihrer Tochter fragte. „Oh, es geht ihr gut, ja, gut geht es ihr." Er lächelte und griff zu seinem Glas. Auch sie nahm ihres und zugleich tranken sie beide die Gläser leer. „Darf ich Ihnen nachschenken?" Sie wehrte mit beiden Händen ab. „Er schmeckt wunderbar, aber zu viel ist nie gut." Er nickte und stellte die Karaffe wieder auf den Tisch. „Mögen Sie nicht noch einen Keks? Sie sind ungesüßt und sollen richtig gesund sein." Sie bedankte sich und machte Anstalten aufzustehen. „Sie wollen schon gehen?" Er erhob sich zugleich mit ihr und begleitete sie auf dem Weg um das Haus. Kurz bevor sie sein Grundstück verließ, blieb Ms. Voss stehen, um sich zu verabschieden. „Ich bedanke mich für Ihre Einladung, Mr.

Kelly." Er verbeugte sich leicht und erwiderte: „Es war mir eine Freude und Ehre, Ms. Voss."

Als sie wieder in ihrer Wohnung war, vermied sie es, in die Küche zu gehen. Sonst hätte sie gesehen, dass er noch eine ganze Weile an der Stelle stand, wo sie sich verabschiedet hatten.

***

Zu ihrem Geburtstag im August kamen Melanie und Dennis. Sie brachten als gemeinsames Geschenk einen Gutschein für einen dreitägigen Aufenthalt in einem Wellness-Hotel. „Ich danke für die Anspielung auf mein vorgerücktes Alter, meine Lieben. Ihr habt es bestimmt gut gemeint." Sie gab den Umschlag wieder zurück. „Aber Mum, ich gehe manchmal auch dahin, das tut jedem gut." Dennis pflichtete seiner Schwester bei und so sagte Ms. Voss nichts mehr dazu.

Sie unterhielten sich über belanglose Dinge, denn sie wollte nicht neugierig erscheinen. Irgendwann hörte sie nicht mehr richtig zu, denn die beiden sprachen über etwas, von dem sie gar nicht wusste, was es war. Doch dann fragte Melanie: „Wie geht es eigentlich Teresa? Taucht sie hier manchmal auf?" „Ich werde doch nicht den ganzen Tag am Fenster stehen und gaffen, was denkst du denn? Aber kürzlich bin ich bei Mr. Kelly zu Gast gewesen, da zeigte er mir Fotos von ihrem Baby. Chelsea heißt es, ein Mädchen." Sie schüttelte missbilligend den Kopf. „Wie kann man sein Kind nur so nennen?" „Ob sie verheiratet ist, weißt du nicht? - Dennis, hat sie dir früher nicht immer gut gefallen?" Er lachte etwas zu laut: „Hübsch war sie schon, aber mir war sie ein bisschen zu ......", er suchte nach einem passenden Wort, „zu unberechenbar." Während sich Ms. Voss fragte, was er damit wohl meinte, gab seine Schwester zurück: „Es mag halt nicht jede gerade so sein, wie du es gerne hättest, mein Lieber." Sie wandte sich an ihre Mutter: „Wenn du dir ihre Telefonnummer für mich geben lassen kannst, Mum, rufe ich sie mal an. Wir haben uns früher ganz gut verstanden." Dennis schmunzelte: „Ja, ich erinnere mich, ihr beide habt einander ein Alibi gegeben, wenn es nötig war, stimmt's?" Melanie ignorierte seine Worte. „Mum, du warst bei Mr. Kelly? Hatte er dich eingeladen? Das war nett von ihm!" Ms. Voss nickte nur und mochte nicht antworten. „Ein netter Kerl, war immer wieder für eine Überraschung gut!", führte Dennis das Gespräch weiter. „Und manchmal wusste man nicht genau, woran man bei ihm war", ergänzte Melanie.

Ms. Voss war froh, als die beiden wieder gegangen waren. Sie wollte sich nicht den Kopf zerbrechen über die Andeutungen, die gefallen waren. Nur die Telefonnummer zu besorgen, das hatte sie sich gemerkt. Vielleicht würde sie Mr. Kelly einfach anrufen und nach ihr fragen. Jetzt erst fiel ihr ein, dass Melanie das ja auch selbst hätte tun können. Nun, sie hatte es versprochen, sie würde es also auch tun.

Noch am selben Tag läutete es am Abend an ihrer Haustür. „Ms. Voss, ich bin es, James Kelly." Er stand mit einem riesigen Blumenstrauß vor ihr. „Wenn ich mich nicht irre, ist heute Ihr Geburtstag, herzlichen Glückwunsch und alles Gute für Ihr kommendes Lebensjahr!" Er streckte ihr den Strauß entgegen. „Ich will Sie gar nicht weiter belästigen, Sie sind vielleicht auch schon müde, Sie hatten doch Besuch heute." Unwillkürlich nahm sie die Blumen entgegen und vermochte sich gerade noch bedanken, bevor er sich auf den Rückweg machte.

„Entschuldigen Sie, Mr. Kelly, eine Frage habe ich noch." Er wandte sich um und kam wieder zurück. „Ihre Telefonnummer, nein, ich meine die Telefonnummer Ihrer Tochter - meine Melanie würde sie gerne einmal anrufen." Sie konnte nicht anders als ihn in den Flur zu bitten. Die Blumen legte sie rasch auf den Küchentisch und nahm Papier und Stift aus der Lade. „Es wird Teresa freuen, wenn Melanie sie anruft. Ich werde ihr davon erzählen." Er schrieb die Nummer in großen Ziffern auf das Papier. „Hier, ich hoffe, ich habe sie deutlich genug geschrieben." Er reichte ihr Blatt und Stift und wandte sich zum Gehen. „Grüßen Sie Melanie von mir, wenn ich bitten darf."

In den nächsten Tagen versuchte Ms. Voss so wenig sichtbar zu sein wie nur möglich. Sie schaute noch nicht einmal durchs Küchenfenster auf das Nachbargrundstück hinüber. Und wenn sie das Haus für einen Einkauf verlassen musste, brauchte sie nur in der Garage das Auto zu besteigen und fortzufahren.

***

Eines Mittags, sie war gerade von ihrem Einkauf zurückgekommen, läutete es an der Eingangstür. Es war Mr. Kelly, der mit einem dicken Kuvert vor der Tür stand. „Der Briefträger wollte es Ihnen zustellen, aber Sie waren nicht zuhause, da habe ich das Päckchen für Sie angenommen, das ist Ihnen doch recht, hoffe ich." Sie bedankte sich knapp, so dass Mr. Kelly gleich wieder davon ging. Rasch schloss sie die

Haustür und packte zuerst ihre Einkäufe aus, bevor sie das Päckchen von Melanie öffnete. Ein weicher weißer Schal war es, den sie ihr nachträglich als Geburtstagsgeschenk schickte. Sie legte ihn sich über die Schultern und trat vor den Spiegel. Ja, er erschien ihr passend.

Wieder läutete es an der Tür und sie ging, sie zu öffnen. „Es tut mir so schrecklich leid, dass ich sie störe – oh, der Schal steht Ihnen wirklich gut!" Mr. Kelly schien ganz begeistert, doch sie blieb stumm. „Ja, weswegen ich komme: Morgen habe ich Gäste und wenn Sie so freundlich wären, mich zu beraten, würde ich Sie bitten, später, im Laufe des Tages, zu mir herüberzukommen." Er schaute sie lächelnd an, so dass sie unwillkürlich die Mundwinkel hob. „Nun, ich möchte nicht unhöflich sein, ich komme gerne." „Wann immer Sie wollen, im Laufe des Nachmittags." Wieder verbeugte er sich und Ms. Voss konnte sehen, dass sein Haar sich schon ein wenig gelichtet hatte.

Sie wollte sich nicht drängen lassen und ließ sich Zeit, bis sie zu Mr. Kelly hinüber ging. Auf dem Tischchen standen wieder eine Karaffe mit Saft und zwei Gläser. „Darf ich Ihnen noch einmal einen Saft anbieten, Ms. Voss, es ist ja wieder so heiß heute." Sie griff gerne zu und wartete wortlos, bis er fortfuhr: „Nun, ich weiß nicht, ob ich nicht doch den Pool füllen soll für die Gäste, zu denen ich Sie natürlich auch mit größtem Vergnügen zählen würde." Er blickte sie erwartungsvoll an. „Nun, Sie können es sich gerne noch bis morgen überlegen, ob Sie kommen möchten." Er wandte sich wieder dem Pool zu und sie traten an seinen Rand. „Es sind auch Eltern mit Kindern eingeladen und die würden bestimmt gerne ins Wasser springen und die Kleinen wären dann beschäftigt.

Andererseits hat man dann die Sorge, dass etwas passieren könnte." „Ja, da haben Sie wohl recht, gar leicht kann da etwas passieren mit den Kindern." „Sie würden also eher vorsichtig sein und kein Wasser hineinlassen? - Aber andererseits besteht natürlich auch die Gefahr", fuhr er fort, „dass jemand hineinfallen und sich verletzen kann, weil kein Wasser darin ist."

Stumm schauten sie beide vor sich in die Tiefe. „Jetzt hab' ich's!", rief plötzlich Mr. Kelly, „wissen Sie was: Ich fülle einfach nur die Hälfte des Wassers hinein, dann sind alle zufrieden und es kann nichts passieren!" Er war so begeistert von seiner Idee, dass er Ms. Voss umarmte, was ihm jedoch nicht ganz gelang, denn sie wehrte ihn entsetzt mit beiden Händen ab.

Wie er so dalag, unter ihr, auf dem Boden des Pools, die Augen groß und geöffnet, die Arme ausgebreitet, sah es aus, als wolle er fliegen. Ms. Voss begriff erst langsam, was geschehen war, während sich neben seinem Kopf mit dem schütteren Haar eine Blutlache ausbreitete. Schritt für Schritt wich sie vom Beckenrand zurück, bis sie das Blut nicht mehr sah. Dann erst drehte sie sich um, ging mit raschen Schritten zu ihrem Haus und verriegelte die Tür hinter sich.

***

Es war erst am nächsten Morgen, dass sie sah, wie ein Polizeiwagen an der Straße hielt. Sie zog sich in ihr Wohnzimmer zurück und wartete auf das Läuten der Türglocke. Der Polizeibeamte lüftete seine Mütze: „Verzeihung, M'am, nebenan ist ein Unglück geschehen,

146

haben Sie etwas Auffallendes bemerkt, gestern Nachmittag oder am Abend vielleicht?" „Nein, durchaus nicht, es war alles ruhig." „Und es hielt kein Wagen vor dem Haus, kein Lärm, keine Besucher bei Mr. Kelly?" „Nein, gewiss nicht, jedenfalls, soweit ich es mitbekommen habe." „Darf ich hereinkommen? Sie haben ja bestimmt eine gute Sicht hinüber auf Mr. Kellys Grundstück."

Sie ließ ihn wortlos eintreten und er schaute vom Küchenfenster aus hinaus. „Man kann auf die Straße und den Vorgarten sehen, aber natürlich nicht auf die Seite des Hauses, wo der Pool ist – das war eigentlich klar." Der Polizist nickte zu seiner eigenen Feststellung und verabschiedete sich dann: „Wenn Ihnen noch etwas einfällt, geben Sie uns bitte Bescheid."

Einen Tag später war es ein anderer Beamter, der sie befragte: „Ms. Voss, kann es sein, dass Sie vorgestern bei Mr. Kelly waren?" Sie ließ einen Moment verstreichen, bevor sie antwortete: „Aber ja, das stimmt, das habe ich ja ganz vergessen!". „Es standen zwei Gläser auf dem Tisch, haben Sie eines davon benutzt?" Sie bestätigte seine Vermutung. Einen Moment zögerte der Beamte, bevor er sagte: „Mr. Kelly ist tot, Ms. Voss."

Im folgenden Gespräch erzählte sie, worum sie Mr. Kelly gebeten hatte und zu welchem Entschluss er gekommen war. „Er war so froh, dass er eine Lösung für sein Problem gefunden hatte. Ich verabschiedete mich dann und ging. Danach habe ich ihn nicht mehr gesehen."

Sie wunderte sich selbst, wie leicht die Lüge von ihren Lippen gekommen war. Der Beamte hatte sich Notizen gemacht und meinte schließlich: „Wenn wir noch Fragen haben, kommen wir auf Sie zu. Leben Sie wohl!"

***

Es vergingen Wochen, in denen Teresa in Begleitung eines Mannes immer wieder einmal das Haus von Mr. Kelly betraten. Und dann standen eines Tages zwei Möbelwagen drüben an der Straße, Möbel wurden ausgeladen, andere aus dem Haus abtransportiert. Eine Familie mit mehreren Kindern zog in das Haus ein.

Sehr bald hörte Ms. Voss die Stimmen von Kindern, die auf dem Rasen vor dem Nachbarhaus spielten und lärmten, und eine Traurigkeit überfiel sie, die sie nicht wieder verließ.

Entfernte Nähe

Wenn Paul Glasow nachts wach dalag, während Charlotte neben ihm schlief, und er hinaus in die Ferne schaute, wo irgendwo ein strahlend helles Licht leuchtete, mutete es ihn immer wieder seltsam an, dass er das Empfinden hatte, sie sei gleichsam auf einem anderen Stern, weiter weg denn je, obwohl sie schon so lange beisammen waren.

Sie atmete unhörbar, so dass er versucht war, sich ihrer Gegenwart durch eine Berührung zu vergewissern. Aber er wollte sie nicht aufwecken, obwohl er wusste, dass sie dann seine Hand ergreifen konnte, ja, sogar mit ihm redete, ohne dass sie wirklich erwacht war, denn am nächsten Tag wusste sie nichts mehr davon.

Er ließ sie ungestört schlafen, wendete sich aber dann und wann langsam und leise von einer Seite auf die andere und fragte sich, wie es gekommen war, dass sich zwischen ihnen etwas ausbreiten konnte, das nicht zu fassen, nicht zu benennen war.

Je länger er darüber nachdachte, desto stärker wurde ihm die Empfindung ihrer Fremdheit und dann konnte er nicht anders, als doch ihre Hand zu suchen, die sich fest um seine drückte und sie nicht wieder losließ. Sie kam ihm kleiner vor, als sie in Wirklichkeit war und wie sie bei Tageslicht erschien. Und sie fühlte sich an, als gehöre sie nicht zu Charlotte, so dass er sich bald wieder von ihr befreite.

Manchmal war dies Unüberwindliche zu messen, wenn sie nebeneinander spazieren gingen und einander nicht berührten. Dann und wann machte er eine Probe und näherte sich Charlotte. Und wie er vermutete, wich sie zur Seite und nahm den alten Abstand wieder ein. Wenn er dann ihre Hand ergriff, um diese Unendlichkeit zu überwinden, fühlte sie sich an wie in der Nacht, klein und fremd.

Glasow stand auf. Er konnte nicht mehr ruhig daliegen, zumal ihn seine Schulter schmerzte, als ob er fortwährend etwas zu Schweres getragen hätte. Charlotte schlief ruhig weiter, seufzte manchmal ein wenig. Er ging zum Badezimmer und nach einem Schluck Wasser trat er ans Wohnzimmerfenster und sah hinaus. Es war nicht völlig dunkel und die Äste der kahlen Bäume ragten wie fragend aus den Stämmen. Glasow stand minutenlang unbewegt da, bis es ihn fröstelte. Mit einer Wolldecke setzte er sich in einen Sessel und schloss die Augen.

Er suchte in sich das Gefühl wach zu rufen, wie es gewesen war, als er sich in Charlotte verliebt hatte, als er sie liebte, anders als jetzt, wo sie schon so lange verheiratet waren. Die Zartheit ihrer Haut, den Duft ihrer Haare, den Blick ihrer Augen, das konnte er fühlen und sich darin finden wie verlieren, jetzt wie früher.

Glasow fragte sich, warum es ihnen beiden jetzt nicht mehr möglich war, so wie früher ineinander zu versinken, einander Welt zu sein. Jeder Tag, jede Nacht, die vorüber ging, ohne dass dies möglich war, erschien ihm wie ein verlorener Tag, ein Versäumnis, das sie beide leichtfertig begingen.

Erst als er sich müde genug fühlte, ging Glasow wieder zurück und legte sich leise neben Charlotte, die sich währenddessen im Schlaf zur Seite drehte. Er tastete nach ihrem Haar, das so leicht und zart war, und blickte noch einmal hinaus, wo sich allmählich die Morgendämmerung ankündigte.

Am Morgen war Charlotte schon aufgestanden, als Glasow erwachte. Weil sie beide ein paar Tage Urlaub hatten, blieb er noch im Bett liegen. Vielleicht dass er hoffte, sie würde sich wieder zu ihm legen, aber er hörte sie in der Küche hantieren und roch Kaffeeduft.

Glasow verschränkte die Arme unter seinem Kopf und schloss noch einmal die Augen. Er konnte ihr Gewicht auf seinem Körper spüren und sich jede Rundung ihres Körpers vergegenwärtigen. Hätte er das Talent dazu gehabt, wäre er gerne Bildhauer geworden, allein deswegen, um immer wieder neue Formen aus dem Material hervorholen zu können, zu erfühlen, was aus ihm gebildet sein wollte. Er liebte Charlottes Körper, auch wenn er nicht mehr so jugendlich war wie in früheren Jahren. Ein wenig fülliger war sie geworden, nicht viel, denn noch immer war sie schlank und zart.

Offensichtlich war er noch einmal eingeschlafen, als Charlotte ihn ansprach: „Ich gehe kurz zum Bäcker einkaufen. Möchtest du etwas Besonderes?" Er vermochte sich nicht so rasch besinnen und sie war schon verschwunden, bevor er antworten konnte. Sie würde ihm auch so etwas Köstliches mitbringen, das wusste er. Sie liebte ihn auf ihre Weise.

***

Es war so warm, dass sie im Freien auf dem Balkon frühstücken konnten. Charlotte reichte ihm Teller und Tassen, das Besteck und alles, was sonst noch nötig war. Während sie die letzten Handgriffe in der Küche erledigte, ordnete er den Tisch und wartete auf sie. Gemeinsam nahmen sie Platz und er sah sie zum ersten Mal an diesem Tag richtig an. Mit ihren blonden Locken, die ihr in die Stirn fielen, der kleinen Nase und den winzigen Sommersprossen auf den Wangen sah sie aus wie zwanzig Jahre zuvor. Ein paar kleine Falten waren dazu gekommen, die etwas von der Weichheit ihres Gesichtes nahmen, es dafür aber auch ein wenig konturierter zeichneten. Als sie noch nicht zusammengelebt hatten, war es ein Portrait von ihr, das er sich immer wieder anschaute und auch zu zeichnen versucht hatte. Es war ihr Mund gewesen, der vor allem Schwierigkeiten gemacht hatte mit seiner ein klein wenig nach oben gerichteten Oberlippe. Für einen Moment spürte Glasow ihre Lippen auf seinen.

Charlotte wünschte ihm einen guten Appetit. „Danke, dir auch", erwiderte er und widmete sich erst einmal seinem gekochten Ei, das er mit einem gezielten Messerhieb durchtrennte.

***

An diesem Tag fuhren sie am Spätnachmittag an den Badesee, der sich schon ein wenig leerte. Charlotte stieg wie immer sogleich ins Wasser und schwamm mit langsamen Stößen hinaus. Glasow bewachte die mitgebrachte Badetasche und beobachtete diskret das junge Pärchen in der Nachbarschaft, das ohne Scheu eng umschlungen dalag und sich endlos lang küsste. Charlotte und er hätten das früher in der Öffentlichkeit nie zu tun gewagt, aber Glasow hatte eine gewisse Sympathie dafür, dass die beiden so ungeniert ihre Verliebtheit auslebten.

Damals, bei ihrer ersten gemeinsamen Reise hatten sie einsame Stellen aufgesucht, wo sie sich küssten und manchmal auch liebten. Er erinnerte sich an die Scheu, die er hatte, als er ihren Körper entdeckte. Und erst jetzt wurde ihm klar, dass sie sich damals erst durch ihn und seine Berührungen ihrer Weiblichkeit bewusst wurde. Immer war es eine wortlose Verständigung gewesen, er hatte auf die leisesten Andeutungen zu hören versucht, die ihr Körper ihm mitteilte. Lange hatte er nicht mehr daran gedacht. Er erinnerte sich genau an diese Reise, aber es schien ihm, als seien sie beide damals andere gewesen.

Als Charlotte ans Ufer kam, stand Glasow auf und nahm das Badetuch, um es ihr über die Schultern zu legen. Dabei trat er hinter sie und schlang seine Arme mit dem Tuch um sie. Seine Wange fühlte ihr nasses Haar und er küsste ihren feuchten Nacken, ihre Schulter. „Warte nicht so lange, bis du ins Wasser gehst, sonst wird es dir hier draußen zu kalt werden, ich kenne dich doch." Er küsste noch einmal ihr Haar und trat einen Schritt zur Seite. Das Pärchen nebenan hatte sich aufgesetzt und während sie ihre bemalten Zehennägel zu betrachten schien, lag er neben ihr und streckte und reckte sich. „Wie warm oder kalt ist es denn eigentlich, das Wasser meine ich." Charlotte nahm ihn bei der Hand und ging mit ihm zu den Stufen, die ins Wasser führten. „Es geht schon, erfrischend ist es."

Glasow ließ sich den leichten Schauder, den er fühlte, als er ins Wasser stieg, nicht anmerken, sondern stürzte sich in das seichte Wasser, um dann rasch mit ein paar Kraulbewegungen vorwärts zu gelangen. Er tauchte den Kopf hinunter und schüttelte sich, um danach gleich weiter zu schwimmen. Als er ein ganzes Stück vom Ufer entfernt war, wo sich niemand mehr in seiner Nähe aufhielt, drehte er sich auf den Rücken und ließ sich treiben. Den Kopf halb im Wasser hörte er nichts mehr und beobachtete den Himmel, dessen Bläue so intensiv war, dass seine unendliche Tiefe ihn immer mehr in die Weite sog. Leichte Wellen schwappten über sein Gesicht und er begann, auf dem Rücken liegend, wieder ans Ufer zu schwimmen. Die letzten Meter ging er, langsam die Beine gegen den Widerstand des Wassers schiebend.

Charlotte lag auf dem Rücken, die Beine angezogen, und las in einem Buch. Ohne es wegzulegen, fragte sie: „Nun, war's dir zu kalt?" Glasow schüttelte nur den Kopf und erreichte so, dass sie zu ihm blickte. „Nein?" „Erfrischend, wie du sagtest." Er nahm sein Badetuch und trocknete sich langsam ab, zuerst die Haare, dann den Oberkörper. Mit dem Tuch um die Schultern blieb er stehen und schaute nach dem Pärchen, das gerade seine Sachen zusammenpackte. Er trug ein schulter-freies Unterhemd und kurze Hosen, sie ein Minikleid, ärmellos. Sie nahm ihre Schuhe in die Hand und ging barfuß, er trug die Badetasche, die er über die Schulter geschwungen hatte, mit der anderen Hand umfasste er ihre Taille.

„Haben wir etwas zu trinken dabei?" Charlotte hörte nicht auf zu lesen: „Wenn du etwas eingepackt hast?" „Dann schaue ich mal, ob ich irgendwo etwas kaufen kann, ein Mineralwasser am besten." „Gerne." Aber zuerst zog er sich um, nahm das T-Shirt und die Leinenhose, deren Hosenbeine er ein wenig hochkrempelte. Er holte ein paar Münzen aus seinem Geldbeutel und ging langsam über die Liegewiese. In der Nähe des Einganges hatte er einen Stand gesehen, vielleicht würde er sich auch ein Eis kaufen, wenn es eines gab.

***

Als er zurückkam, war Charlotte noch einmal ins Wasser gegangen. Er sah ihren Blondschopf wieder weit draußen, wo sie langsam durch das Wasser glitt. Glasow schaute kurz, ob noch alles an seinem Platz war, und setzte sich dann auf die Decke. Charlottes Buch lag aufgeschlagen da, sie hatte, wie es ihre Art war, was ihr wichtig erschien, mit dicken Farblinien unterstrichen.

Die leise Kritik, die deswegen in ihm aufstieg, verbot er sich und griff zur Zeitung. Er legte sie zwischen seine Beine auf die Decke und begann zu lesen. Ab und zu schaute er auf, um nach Charlotte zu sehen. Noch immer schwamm sie draußen, ein paar Enten hatten sich ihr in respektvollem Abstand zugesellt. Nicht zum ersten Mal wunderte er sich, wie lange sie es im Wasser, das noch nicht besonders erwärmt war, aushalten konnte, schlank wie sie war. Meist schwamm sie nicht zügig, sondern gleichsam in Zeitlupe, wie er es nie fertiggebracht hätte. Statt weiterzulesen, begann Glasow an einem Apfel zu nagen. Er beschloss, so lange daran zu essen, bis Charlotte wieder aus dem Wasser gekommen war.

***

Während der Heimfahrt las sie wieder in ihrem Buch. Glasow unterließ es, das Radio anzuschalten, und fuhr möglichst zügig die kurvige Landstraße entlang. Charlotte wurde es nie schlecht beim Fahren, wo auch immer sie unterwegs waren. Aber diesmal schaute sie auf, weil er ungewöhnlich schnell die Kurven nahm. „Hast du es eilig?", fragte sie und schaute zu ihm hinüber. „Es macht einfach Spaß." Sie vertiefte sich wieder in ihr Buch und er verringerte das Tempo.

Zum Abendessen saßen sie noch einmal auf dem Balkon. Glasow hatte den Tisch gedeckt, während Charlotte unter die Dusche gegangen war und sich die Haare wusch. Als sie zurückkam, trug sie die helle Hose und die Seidenbluse, die sie am Morgen angehabt hatte. „Ich glaube, ich gehe früh schlafen heute Abend, ich bin jetzt schon müde." Er nickte ihr lächelnd zu: „Tu das, wenn dir danach ist."

Während des Essens erwähnte er das Pärchen, das er beobachtet hatte. „Ich kann mich nicht erinnern, dass wir so etwas gemacht hätten, oder?" Glasow schaute zu Charlotte hinüber, die gerade dabei war, an ihrer Teetasse zu nippen. Sie ließ sich Zeit, bevor sie antwortete. „Du meinst, in aller Öffentlichkeit sozusagen? - Wahrscheinlich nicht." Jetzt schaute sie Paul an: „Wir können es ja mal probieren, spaßeshalber."

Als es kühler wurde, setzten sie sich ins Wohnzimmer. Glasow legte eine CD in das Abspielgerät und hörte mit geschlossenen Augen zu. Irgendwann bemerkte er Charlottes gleichmäßigen Atem, sie war über dem Lesen in ihrem Sessel eingeschlafen, das Buch hielt sie noch in ihren Händen. Glasow drehte die Lautstärke zurück und legte nach Ende der ersten eine weitere CD ein. Charlotte schlief mit leicht geöffnetem Mund und schnarchte leise. Es störte ihn eigentlich nicht, aber es passte nicht zu ihr.

Eine Weile ließ er die CD noch weiterspielen, dann stand er auf und trat hinter ihren Sessel. Er beugte sich über sie und küsste sie aufs Haar. Als sie erwachte, drückte er noch einmal die Lippen auf ihre Locken. „Du solltest dich lieber ins Bett legen, da schläfst du besser."

Charlotte schlief schon längst, als er zu Bett ging. Sie schlief so fest, dass sie nicht bemerkte, wie er unter seine Decke schlüpfte. Wenn er sich auf die Seite drehte, konnte Glasow nachts in der Ferne wieder das Licht sehen, von dem er nie hatte herausfinden können, woher es eigentlich kam.

Viktor Kortschner

Viktor Kortschner war ein kräftiger, hochgewachsener Mann in den Siebzigern. Er hielt sich immer noch sehr gerade und strahlte nicht zuletzt deshalb eine Würde und Autorität aus, die auch von jungen Menschen nach einem Moment des Zögerns akzeptiert wurde. Es schien, als könne er nicht nur seiner Körpergröße wegen alles überschauen und nichts ihn aus seiner Sicherheit kippen. Zugleich zeugte sein Gesichtsausdruck, geprägt durch mehr oder minder tiefe Lachfalten, von einer Heiterkeit, die nicht aufgesetzt, sondern von seiner ganzen Persönlichkeit getragen war. Denn soweit er sich selbst erinnern konnte, war er immer voll Freude und Zuversicht durchs Leben gegangen. Es gab keine Misserfolge, die er sich hätte zuschreiben müssen, keine Niederlagen, die er einzustecken hatte, denn nie musste er über seine Grenzen gehen oder um etwas kämpfen. Die Anerkennung anderer war ihm immer wie zugefallen, natürlich nicht unverdient, sondern durch harte Arbeit erworben.

Viele Menschen hatte er als Chirurg in all den Jahren von Tumoren befreit oder durch Transplantationen wieder zu einem lebenswerten Dasein verholfen. Die Dankbarkeit seiner Patienten und Patientinnen hatte er bescheiden, fast demütig entgegengenommen und der Stolz über seine Fähigkeiten hatte ihm zugleich die Sicherheit verliehen, auch fast unmöglich erscheinende Operationen erfolgreich durchzu-führen.

Der Tod seiner Frau, die nach längerer Krankheit an Krebs gestorben war und den er nicht hatte verhindern können, war zwar nicht ohne Leid und Schmerz zu bewältigen gewesen, aber er hatte ihn hingenommen als etwas, das von einer höheren Macht als richtig befunden worden war. Und so hatte er es in den seltenen Fällen, bei denen er Angehörigen den Tod ihrer Lieben vorankündigen oder gar mitteilen musste, vermocht, ihnen über den ersten Schock hinweg zu helfen.

Jetzt lebte er allein in der großzügigen Villa, nachdem Sohn und Tochter schon längst ausgezogen waren und eigene Familien hatten. Tibor war Arzt geworden wie er, allerdings kein Chirurg, sondern Facharzt der Orthopädie, während Rea Psychologie studiert hatte und Therapeutin geworden war. Sie besuchten ihren Vater nicht sehr häufig, aber doch regelmäßig, vor allem, seit den Enkelkindern der Opa lieb geworden war, der stets freundlich und immer für einen Scherz oder Schabernack zu haben war.

Er musste sich allerdings zugestehen, dass er bei solchen Besuchen mehr ermüdete, als ihm lieb war. Ein leichtes Zittern seiner linken Hand konnte er zwar nicht vor seinen Kindern, aber vor den Enkeln verbergen. Dass seine Gelenke nicht mehr so beweglich waren wie früher, war zu verkraften. Allerdings merkte er, wie kurze Momente der Abwesenheit bei manchen Tätigkeiten, ja sogar beim Autofahren häufiger wurden. Das ärgerte ihn über die Maßen, denn Verlässlichkeit war eine der Tugenden, die für ihn stets von besonderer Bedeutung waren. Wenn er dann nach etwas suchen musste, sei es ein Gegenstand, sei es ein Wort oder ein Begriff, fühlte er eine Ohnmacht, die er nie zuvor erlebt hatte.

Aber er hielt noch immer Haushalt und Haus samt Garten in Schuss, denn er konnte die eigenen Kräfte recht gut einschätzen und entsprechend einteilen. Und er war gesellig, wobei er nicht nur an manchen Veranstaltungen teilnahm, zu denen die Ärzteschaft auch ihre Pensionisten einlud, sondern er spielte in einem Laienquartett durchaus respektabel Cello und war Mitglied des Alpenvereins, so dass er sein altes Hobby, das Bergwandern, weiter pflegen konnte. Allerdings suchte er sich die Touren, an denen er teilnahm, sehr genau aus, im Wissen, was er sich zumuten konnte. Immer häufiger machte er sich allein auf den Weg, weil er dann sein Tempo und die Länge der Pausen selbst bestimmen konnte. In jungen Jahren war er gerne geklettert und hatte auch schwierige Routen bewältigen können; im Winter war er lange Jahre ein begeisterter Schifahrer gewesen.

Die ersten Berufsjahre seines Sohnes hatte er mit größtem Interesse verfolgt; doch dann hatte er immer seltener nach den Fortschritten der medizinischen Technik gefragt und irgendwann bemerkte er, dass er die Tätigkeit von Tibor eigentlich nicht hoch einschätzte. Er hatte es ja immer nur mit einem Teil eines Menschen zu tun und besonders schwierig waren seine Aufgaben auch nicht. Umso mehr verärgerte ihn Tibors Hochmut, mit dem er den Fortschritt der modernen Medizin auch und gerade in seinem Fachbereich bejubelte. Der alte Chirurg ließ sich seine Emotionen nicht anmerken, doch er hoffte, dass diese Überheblichkeit, die er auch an seinen Fachkollegen hatte beobachten können, sich mit den Jahren wandeln würde.

Seiner Tochter gegenüber gestand er seinen Ärger: „Er tut so, als sei er Meister im schwierigsten Fachgebiet der Medizin, und ist so selbstbewusst, ja überheblich, dass ich es ungemein anmaßend finde. Sollte ich nicht, tue ich aber." „Du hast dein Selbstbewusstsein immer so gut, ich sage einmal: ‚verpackt', dass es dir niemand übelgenommen hat. Und Tibor tut es eben ohne ‚Verpackung', da wirkt es gleich arrogant." Kortschner erkundigte sich bei seiner Tochter gerne nach ihrer Meinung, suchte oft ihren Rat, aber mit dieser

Erwiderung war er nicht einverstanden. „Ich habe nichts ‚verpackt', wie du es ausdrückst. Ich habe mit meinem Können nicht geprahlt und war mir immer bewusst, dass es auch ein Geschenk war, abgesehen davon, dass ich es mir hart erarbeitet habe." „Natürlich ist es auch die Arroganz der ‚Götter in Weiß', die Tibor als Teil seiner Ausbildung mitgenommen hat und als ganz normal betrachtet. Weißt du, ich habe mehrmals mit ihm darüber gesprochen, aber er hat dieses Bewusstsein so verinnerlicht, dass er jeden Zweifel und jede Kritik daran als Angriff auf seine Person versteht. Ich habe ihm sogar von einer früheren Klientin von mir erzählt, die so schlechte Erfahrungen mit Ärzten und ihrer Überheblichkeit gemacht hat, dass sie zu mir kam, um irgendwie damit zurecht zu kommen. Aber da lachte er nur drüber."

Die Gelegenheiten, dass er so offen mit seiner Tochter zu reden vermochte, wurden allerdings seltener. Nicht nur deshalb, weil sich solche Zeiten kaum je von selbst ergaben, sondern auch deshalb, weil er vieles mit sich selbst auszumachen gewohnt war, seit Greta gestorben war. Manchmal ließ er sich von Rea eine Lektüre empfehlen, die ihn aus den gewohnten Denkhorizonten herausführen sollte. Auch für ihr Spezialgebiet, den Umgang mit dem Thema Tod und mit dem Ereignis selbst, interessierte er sich zusehends mehr. „Eigentlich rede ich mit Klienten nicht über den Tod selbst, sondern darüber, dass er Angst, Erschrecken, Trauer, Schmerz verursacht, Reaktionen also, die alle erst bewältigt, verarbeitet oder überhaupt erst als Phänomene wahrgenommen und bewusst gefühlt werden müssen. Tod ist zwar kein Tabuthema mehr, aber die persönliche Konfrontation damit, als Angehöriger, als Hinterbliebener, vielleicht als Unfallzeuge oder als Sanitäter – das ist es, was die Leute zu mir führt." „Sind auch Ärzte dabei, die zu dir kommen?" Kortschner wusste im Voraus, was die Antwort sein würde. „Wär' ein Wunder, wenn es so weit käme, Papa."

Gemeinsam hatten sie damals zusammengesessen, als Greta im Sterben lag, und danach hatten sie zusammen gelitten und getrauert, während Tibor sich bald wieder seiner Arbeit verschrieb und nur nach vorne blickte. Es war die Veränderung in Gretas Verhalten, ja, in ihrer Persönlichkeit selbst, die Ehemann wie Tochter so sehr belastete. Aus einer selbstbewussten, strahlenden Persönlichkeit wurde im Verlauf der Krankheit allmählich eine nörgelnde, manchmal aufbrausende, manchmal tief deprimierte alte Frau, die keine Lebensfreude mehr kannte und sich in ihrer Umgebung nicht mehr zurechtfand. Erst in den allerletzten Stunden waren wieder Ruhe und Friede bei ihr eingezogen, so dass ihr Gesicht im Tod gelöst und entspannt aussah.

***

Während Kortschner für längere Fahrten zunehmend häufiger den Zug benutzte statt des Wagens, wanderte er immer noch gerne längere Strecken und scheute auch Bergwege nicht, die ihn stundenlang in die Höhe führten. Er liebte die Aussicht über die Berggipfel ringsum und fühlte sich, mit entsprechenden Pausen dazwischen, kräftig genug, um auch sicher von dort wieder ins Tal zu gelangen. Er war trittsicher und schwindelfrei, wettererfahren und so gut ausgerüstet, dass er auch bei einem Notfall zurechtkommen würde.

Als er den Gipfel erreicht hatte, konnte er, wie er gehofft hatte, in allen Richtungen die Berggipfel erkennen, die spitz und scharf in den blauen Himmel ragten. Viel weiter unten lag noch ein dünner Nebelschleier über den Tälern, den die

Wärme der Herbstsonne noch nicht hatte auflösen können. Er lehnte sich an den Felsen, der das Gipfelkreuz trug, und war froh, dass sich keine anderen Wanderer oben aufhielten. Die Stille, die er, wie ihm erst jetzt bewusst wurde, gesucht hatte, beruhigte und tröstete ihn und er erinnerte sich an andere Momente der Stille, die er allein in den Bergen hatte genießen können.

Fast wäre er in der Wärme des ausklingenden Septembers eingeschlafen, als er sich an einen Vorfall erinnerte, der schon Jahre zurücklag und den er lange vergessen hatte. Es musste auf diesem Berg gewesen sein, allerdings an einer anderen Route herauf, wo das Unglück geschehen war. Er war auch damals allein unterwegs gewesen und hatte plötzlich einen Schrei gehört wie nie zuvor in seinem Leben. Hastig war er losgelaufen, um einen Felsvorsprung herum gekommen und da hatte er die Frau gesehen, die so geschrien hatte: Ein junge Frau im roten Anorak, einen Rucksack auf dem Rücken, die sich mit dem Rücken an den Felsen gelehnt hatte und jetzt noch einmal schrie, dass er endlich wusste, was geschehen war. Er half ihr sich niederzusetzen, sie zitterte am ganzen Leib. Als sie plötzlich aufstehen wollte, musste er sie festhalten. „Lassen Sie mich die Bergrettung anrufen. Wir können jetzt nichts anderes tun." Sie zitterte noch immer, aber es gelang ihm, einen Notruf abzusetzen mit der Angabe des Ortes, wo sie sich befanden.

Kortschner hatte das Bild der Frau vor Augen, der er später nie wieder begegnete. Er war bei ihr geblieben, bis die Rettungskräfte sie abgeholt hatten. Später hatte er sich erkundigt, ob man den Abgestürzten gefunden und geborgen hatte.

Fast wäre er nun losgegangen, um die Stelle wieder zu finden, wo das Unglück geschehen war. Seiner Erinnerung nach war der Weg recht breit, die Ränder zum Abhang allerdings wohl brüchig gewesen, der nach den wenigen Metern der Schräge zu einer Steilwand führte, die dutzende von Metern in die Tiefe reichte.

Er stellte sich noch einmal das Bild der jungen Frau vor Augen, die er so fest hatte an sich pressen müssen, dass er ihr Haar in seinem Gesicht gespürt hatte. Aber er konnte sich nur noch an ihre Bergschuhe erinnern, die nicht mehr neu gewesen waren. Sie und ihr Partner dürften damals nicht unerfahren gewesen sein, aber ein Augenblick der Unachtsamkeit hatte wohl genügt. Beim Abstieg schaute Kortschner sich häufig um, konnte aber die Absturzstelle nicht entdecken. Er beschloss, sie zu Hause auf der Wanderkarte zu suchen, und war recht sicher, dass er sie darauf finden würde.

***

Bis in den Spätherbst hinein setzte Kortschner seine Unternehmungen fort, was er all die Jahre zuvor nie getan hatte. Immer seltener begegnete er dabei anderen Wanderern, denn die Berghütten hatten schon längst geschlossen und die Temperaturen waren in dieser Höhe oft schon recht winterlich. Erst als er einmal, es war schon Anfang November, in einen Schneesturm geriet, den er, unter einem Felsvorsprung hockend, überstand, ließ er von seinen Ausflügen ab. Rea und Tibor hatte er von diesem Vorfall nichts erzählt, um sich die Ermahnungen seiner Kinder zu ersparen.

Doch von da an ergriff ihn, meist ganz unvermutet und scheinbar grundlos, eine Unruhe, die ihn stundenlang nicht losließ und die er nur durch andauerndes Gehen, im Notfall auch innerhalb des Hauses, hinter sich bringen konnte. Danach war er so erschöpft, dass er, kaum hatte er sich hingelegt, einschlief. Aber noch im Traum wanderte er umher, oben auf den schmalsten Bergpfaden, auf der Suche nach etwas oder jemandem, von dem er nicht wusste, was oder wer es war.

Kamen Tibor oder Rea zu Besuch, dann gelang es ihm meist, seine Unruhe unter äußerer Betriebsamkeit zu tarnen, wobei die Kinder der beiden die passenden Mit-Akteure waren, so dass niemand etwas von seiner Schwierigkeit ahnte.

Kortschner war es bewusst, dass sein alternder Körper zunehmend mehr die Herrschaft über ihn übernahm. Es gab keine Stunde während des Tages, in der er ohne Unterbrechung sitzen oder liegen konnte, und keine Nacht, in der er mehr als vier, höchstens fünf Stunden zu schlafen vermochte. Etwas trieb ihn vorwärts oder im Kreis, dem er nicht entrinnen konnte. Auch Beruhigungsmittel, die er versuchte, konnten ihm nur kurzzeitig zur Entspannung verhelfen, und Schlafmittel verabscheute er zutiefst, denn dann konnte er zwar ein paar Stunden schlafen, doch die Unruhe danach war noch unerträglicher.

Als das Frühjahr kam, war er froh, dass er seine Rastlosigkeit in sinnvollen Tätigkeiten ausagieren konnte. Doch auch diese Phase ging bald vorüber, so dass er auch das Mähen des Rasens, das Kehren oder Graben nur noch für ein paar Minuten durchhalten konnte, bevor ihn ein mächtiger Zwang dazu brachte, etwas anderes zu tun, was jedoch auch nicht lange durchzuhalten war.

Das Autofahren hatte er schon im Winter aufgegeben und er nutzte die ersten Tage des Frühjahres, als die Temperaturen auch in der Höhe schon erträglich waren, um mit der Bahn loszufahren. Glücklicherweise saßen in seinem Abteil nur wenige Leute, denn es war ihm peinlich, dass er lange vor seiner Station aufstehen und hin- und hergehen musste. Als er dann bergauf wanderte, hatte er das Gefühl, etwas anderes in ihm regelte die Geschwindigkeit seiner Schritte, als sei er eine Marionette, die von unsichtbarer Hand gelenkt wurde.

***

Es war wohl bei einer dieser Wanderungen im Frühjahr, Schnee bedeckte noch die oberen Bergregionen, als es geschehen sein musste. Am Fuß einer hohen Steilwand, wo Jahre zuvor ein anderer Wanderer abgestürzt war, fand man Kortschner. Seine Augen waren geschlossen. Aber ein wenig schien es, als lächelten seine Lippen über etwas, das er zuletzt noch gesehen hatte.

Ms. White

Ms. White wollte ihren Mann nicht stören, wenn er draußen im Garten saß und an irgendetwas schrieb. Er hatte seinen Tisch unter die Obstbäume gestellt, wo er im Schatten sitzen konnte. Immer wieder einmal schaute er in eine unbestimmte Ferne und gewiss wusste er, dass sie ihn manchmal beobachtete. Dann blickte er häufiger und länger von seinen Papieren auf, bisweilen erhob er sich sogar und wanderte durch den Garten. Wenn er dann zurückkam, hatte sie ihren Platz verlassen. Dann setzte er sich wieder und schrieb weiter. Musste sie ihn ans Telefon rufen, blieb sie an der Terassentür stehen und sah zu, wie er die Blätter zusammenschob und in eine Mappe steckte. Dann erst stand er auf und ging an ihr vorüber ins Haus, nicht ohne ihr dabei ein Lächeln zu schenken oder einen gehauchten Kuss auf die Wange zu platzieren.

Sie war froh, dass er eine Beschäftigung gefunden hatte, außer dass er ihr im Garten und in der Küche half. Insgeheim hatte sie befürchtet, er werde ihr nach seiner Pensionierung lästigfallen und ohne ein Hobby den ganzen Tag herumsitzen. Gewiss, sie hatten auch schon früher gemeinsam Spaziergänge und kleine Wanderungen unternommen, was sie auch jetzt fortsetzten. Aber nicht jeden Tag war das Wetter dazu geeignet und Gesprächsstoff war mitunter rar. Zu sehr unterschieden sich ihre Interessen und Lektüren, als dass sie sich darüber ausgetauscht hätten.

Als sich Ms. White einmal nebenbei und leichthin

erkundigte, was er denn aufschreibe, wich er aus und meinte nur, es sei nichts Wichtiges, nur so ein paar Gedanken, die ihm schon früher bei der Arbeit durch den Kopf gegangen seien.

Mr. White war in der Verwaltung eines großen Museums tätig gewesen, eigentlich die gesamte Zeit seiner Berufstätigkeit. Er hätte sich sogar für den Direktorenposten bewerben können, doch das erschien ihm als eine zu große Verantwortung, der er sich nicht gewachsen fühlte. Aber er hatte durch die langen Jahre der Zugehörigkeit zum Museum einiges an Verantwortung mitgetragen und das besondere Vertrauen des Direktors genossen. Nach dessen Pensionierung hatte er sich jedoch zurückgenommen und die neue Direktorin schien wenig Wert auf seine Expertise zu legen. Ein wenig hatte ihn dies gekränkt, aber er war professionell genug, sie das nicht merken zu lassen.

Ms. White verbat sich, ihre Frage weiter zu verfolgen. Wichtiger war es, dass er etwas gefunden hatte, womit er sich beschäftigte. Warum er daraus ein Geheimnis machte, fragte sie sich allerdings doch. Aber das kannte sie an ihm, dass er erst über etwas zu sprechen bereit war, wenn er lange und ausgiebig genug darüber nachgedacht hatte.

Auch früher hatte er sie nur selten um Rat gefragt. Und ihr war meist nichts anderes übriggeblieben, als seine Entscheidungen zu akzeptieren. Andererseits, das war ihr klar, konnte auch sie vieles für sie beide entscheiden, ohne ihn vorher fragen zu müssen. Alle üblichen Ausgaben tätigte sie allein und nie hatte es Streit des Geldes wegen gegeben. Sie hatte durch ihre Arzttätigkeit im Krankenhaus eigene Einkünfte und leistete sich deshalb auch die eine oder andere Extravaganz, die er lächelnd zur Kenntnis nahm.

Jetzt hatte er draußen seine Sachen in die Mappe gepackt, sie in seinem Arbeitszimmer abgelegt und kam zu ihr in die Küche. „Möchtest du draußen zu Mittag essen? Wenn uns die Bienen nicht stören, sollte es ganz angenehm sein." Sie wandte sich ihm zu: „Sei so lieb und trage schon einmal Teller und Besteck hinaus. Ein paar Minuten wird es noch dauern." Kurz schaute er noch in die beiden Töpfe, die dampfend auf dem Herd standen, und roch daran. „Riecht durchaus appetitlich."

Ms. White blickte auf und sah in ein freundliches Gesicht. Sie war bei solchen Bemerkungen ihres Mannes auch jetzt, nach Jahrzehnten, nicht sicher, wie sie zu verstehen waren. Inhalt und Ton seiner Äußerungen erschienen ihr nicht immer kongruent zu sein und außerdem war sein Humor, wie sie sich im Nachhinein manchmal erklären lassen musste, so subtil, dass sie ihn nicht immer erkannte oder erst zu spät bemerkte.

Sie erwiderte nichts, sondern sah ihm nur nach, wie er Teller und Besteck holte und hinaustrug. „Wenn du den gewaschenen Salat anrichten wolltest, wären wir bald soweit", sagte sie, als er zurückkam. „Sicher, Liebes", antwortete er und geschickt rührte er die Salatsoße an, zerrupfte die großen Salatblätter, gab sie in die Schüssel und goss die Soße darüber. „Du bist soweit?" Er kam noch einmal zu ihr zum Herd und legte seinen Arm um ihre Hüfte. „Was meintest du mit 'appetitlich'?" Er tupfte einen Kuss auf ihr Haar. „Gut, fein, anregend, sowas halt. - Denkst du ans Würzen?"

Als sie mit zwei Schüsseln zum Tisch kam, war alles perfekt vorbereitet. „Dann lassen wir es uns gut schmecken, nicht wahr?" Er nahm ihre Hand und drückte sie ein wenig. „Guten Appetit!"

Sie hatten ein, zwei Minuten schweigend gegessen, als Ms. White ihr Besteck ruhen ließ. „Hättest du etwas dagegen, wenn ich für ein paar Tage verreise?" Er aß ruhig weiter, zuckte leicht mit den Achseln. „Es gibt da einen Kurs in den Bergen, Gesteinskunde. Man kann auch nach Kristallen suchen, das würde mich interessieren." Mr. White räusperte sich, bevor er antwortete: „Ja, warum nicht. Ich meine, von mir aus gerne. Obwohl, du weißt ja, wir haben schon den ganzen Schrank voll mit Mineralien. Sollen das jetzt andere sein?" „Ich hoffe schon, ganz genau weiß man das im Vorhinein ja nicht."

Sie machte eine Pause, während er weiter aß. „Falls ich was finde, rücke ich die Steine einfach ein bisschen zusammen, dann passt da schon noch etwas hinein." „Ja, sicher, dann machen wir das so. Wann soll es denn soweit sein?" Ms. White wartete einen Moment, bevor sie antwortete: „Übermorgen geht mein Flug." Mr.

White führte gerade die Gabel zum Mund, stoppte kurz ab, beschloss dann aber, doch den Bissen zu nehmen und kaute ausgiebig, während Ms. White ein feines Lächeln über ihr Gesicht gleiten ließ.

„Übermorgen, sagst du, aha." Er tupfte sich sorgfältig die Lippen. „Dann war es wohl, wenn ich es richtig verstanden habe, eine rein rhetorische Frage, die du gestellt hast. Sollte ich jetzt nicht verärgert sein?" Noch hielt er Messer und Gabel in den Händen, legte sie dann aber vorsichtig auf den Teller und schaute seine Gattin freundlich an. „Du wirst dich schon lange darauf gefreut haben, nehme ich an. Da möchte ich dir nicht im Wege stehen." Ms. White ergriff den Schöpflöffel: „Noch ein wenig Reis, mein Lieber?", und gab ihm eine große Portion davon auf seinen Teller.

Wie üblich lasen sie am Abend noch etwas, als sie im Bett lagen. Beide hatten ihre Lesebrillen aufgesetzt und nur das Geräusch des Umblätterns der Buchseiten unterbrach die Stille des Schlafzimmers. Während sich Mr. White vor allem Krimis als Abendlektüre auswählte, bevorzugte sie Biografien, am liebsten von oder über weibliche Berühmtheiten. Manchmal hatte sie in der Vergangenheit ihre Lektüre unterbrochen und ihrem Mann ein Zitat vorgelesen, das sie bemerkenswert fand. Er hatte dann höflich sein Buch auf die Bettdecke gelegt und aufmerksam zugehört. Anschließend hatte er eine nichtssagende Bemerkung gemacht - „interessant", „ja, was es alles gibt" - und weitergelesen.

Also hatte sie irgendwann solche Unterbrechungen gelassen. Früher oder später löschten sie das Licht und manchmal suchten sich ihre Hände, die sich erst beim Einschlafen voneinander lösten.

***

Sobald Ms. White die Bordkartenkontrolle hinter sich gelassen und Mr. White ein letztes Mal zugewunken hatte, dachte sie nur noch an das, was vor ihr lag. Genf war ein gutes Reiseziel, denn es lag in den Alpen und es bot eine ganze Reihe von wunderbaren Mineraliengeschäften. Das Hotelzimmer hatte sie längst schon gebucht und sie freute sich auf die Aussicht auf den Genfer See mit seiner Fontäne darin und den Rahmen der Gebirgsgipfel rundherum. Ein paar neue Kleidungsstücke sollten auch zu finden sein und vielleicht auch ein netter Begleiter für die paar Tage, die sie dort verbringen wollte. Es würde nicht leicht sein, zeitlich alles unterzubringen, darunter mindestens eine Tageswanderung, um authentisch von ihrer Mineraliensuche berichten zu können. Nun musste sie doch noch einmal an Mr. White denken. Erstaunlich, dass er keinen Verdacht geschöpft hatte in all den Jahren. Aber er hatte auch nie wirklich nachgefragt, wenn sie von ihren Bergtouren berichtete. So hatte es ausgereicht, wenn sie ihm fünf oder höchstens zehn Minuten davon erzählte. Dafür waren die Beschreibungen der Wanderrouten immer sehr hilfreich gewesen.

Das Flugzeug hatte die Reisehöhe erreicht und Ms. White lehnte sich entspannt in ihrem schmalen Sitz zurück, während ihr Gatte bereits die Rückfahrt angetreten hatte, nicht ohne sich zuvor einen neuen Kriminalroman gekauft zu haben. An Stückzahl war seine Sammlung noch beträchtlich größer als die seiner Frau, immerhin nahm sie nicht so viel Platz in Anspruch wie die Steinbrocken, die sie immer wieder nach Hause brachte. Kaum eines der Bücher hatte er wirklich komplett gelesen, sie dienten ihm nur als Inspirationsquelle, wenn ihm einmal keine gute Idee zur Verfügung stand.

***

Mr. White war geradezu glücklich darüber, wie es ihm gelang, sein heimliches Unternehmen vor seiner Frau zu verbergen. Wenn er damit fertig sein würde, wollte er mit ihr in eine Buchhandlung gehen und wie zufällig zu einem Buch greifen, es seiner Frau reichen und sagen: „Was meinst du, könnte dir das gefallen?"

Ja, er war froh, dass sie immer wieder einmal für ein paar Tage verreiste, auch wenn er sich bisweilen fragte, ob diese Mineralien wirklich der einzige Grund dafür waren. Kaum je hatte sie von Teilnehmern ihrer Kurse erzählt und bestimmt waren da auch Männer dabei gewesen. Nun gut, ein Liebhaber für die eine oder andere Nacht war ihr nicht übelzunehmen nach all den Ehejahren, die sie beide recht genügsam miteinander verbracht hatten. Manchmal hatte sie ein mehr oder minder exklusives Kleidungsstück mitgebracht, eine 'sensationelle Gelegenheit', wie sie sich auszudrücken beliebte. Er hatte wenig Lust, sich Einzelheiten erzählen zu lassen, denn nicht selten hatte er das Gefühl, ihre Schwärmerei über die Bergtouren geriet ihr ein wenig zu enthusiastisch und von anderen Begebenheiten wollte er eher nichts wissen.

Nun also war er froh, in Ruhe arbeiten zu können und nicht immer wieder den Blick aus dem Wohnzimmer zu spüren, der diskret sein sollte, es aber durchaus nicht war. Mr. White schätzte seine Gattin, aber solch eine Verhaltensweise war etwas, das er nicht ausstehen konnte. Es sollte doch möglich sein, die eigene Neugierde so zu zügeln, dass man den anderen in Frieden und ungestört schreiben ließ. Ja, aber so war es nun einmal, sie würde sich nicht mehr ändern, das wäre eine überaus erstaunliche Wandlung, mit der er nicht rechnete.

***

Vom Balkon des Hotelzimmers aus hatte sie den erwarteten Blick auf den Lac Lemon, wie er so schön hieß. Ms. White lehnte sich an das stilvoll geschmiedete Gitter, blickte hinüber auf die Berge. Irgendwo in der Ferne musste der Mont Blanc liegen, aber so hoch wollte sie ja gar nicht hinauf. In ihrer Vorbereitung war sie sehr vorsichtig gewesen und hatte sich kundig gemacht, wo Exkursionen in den Alpen stattfanden. Denn obwohl sie nicht damit rechnete, hielt sie es für möglich, dass Mr.

White auf den Gedanken kam, im Internet nachzu-
forschen, ob die von ihr genannte Unternehmung
wirklich stattfand. Und so hatte sie sich offiziell an-
gemeldet. Sie würde sich am Treffpunkt einfinden, aber
dann würde sie sich wegen Unpässlichkeiten
entschuldigen und ihrer Wege gehen.

Und so schlenderte Ms. White am nächsten Tag durch
die Innenstadt von Genf. Auf ihrem Stadtplan hatte sie
sich die Geschäfte, die sie interessierten, markiert.
Heute wollte sie zunächst einmal bei ihnen vorbei-
schauen, sich nur die Auslagen ansehen, um danach zu
entscheiden, wie sie an die Sache herangehen wollte.
Entscheidend war, dass ihr Abflug spätnachmittags
stattfand und nicht früher.

Sie hatte sich in einem Straßencafé niedergelassen, um
sich ein wenig auszuruhen, als ein Fremder auf sie
zukam: „Ms. White, welche Freude, Sie zu sehen. Ich
hatte schon sehr bedauert, dass Sie sich für die weiteren
Tage entschuldigen mussten." Er trug einen eleganten
hellen Leinenanzug und ein verbindliches Lächeln. „Darf
ich mich zu Ihnen setzen?"

Jetzt erst, wo er an ihrem Tischchen stand, erkannte sie
ihn, denn ihre leichte Kurzsichtigkeit und die geringe
Aufmerksamkeit am Vormittag hatten das Wiedererkennen eines der Exkursionsmitglieder zunächst
verhindert. „Nehmen Sie gerne Platz, Herr ... ?"
„Guiseppe Gentile, gnädige Frau, aber nennen Sie mich
ruhig Beppe, das bin ich gewohnt."

Im ersten Augenblick fand sie ihn aufdringlich, aber er strahlte solch eine fröhliche Unbeschwertheit aus, dass sie es mit Humor nahm. „Valery, Sie können mich gerne auch Valy nennen." „Valery", er ließ den Namen gleichsam auf der Zunge schmelzen, „Valery, welch passender Name für Sie."

Guiseppe Gentile entsprach in solch einem Maße dem Klischee eines Italieners, wie es Ms. White noch nicht erlebt hatte. Es war zu befürchten, dass er nicht so bald von ihr ablassen würde. Immerhin gefiel er ihr mit seinen lebhaften dunklen Augen, dem südländischen Teint, den feinen Händen und sprechenden Gesten. Für ein, zwei Nächte könnte es passen, dachte sie sich. Vielleicht ist er auch für andere Zwecke nützlich, das muss ich noch herausfinden.

So kam es, dass die beiden den ganzen Tag miteinander verbrachten, denn auch Guiseppe Gentile hatte sich von der Wandergruppe absentiert, da ihn plötzlich, beim ersten Anstieg, wie er heiter erzählte, ein altes Knieleiden heimgesucht habe, weswegen er jegliche Steigungen vermeiden müsse. Ms. White ließ sich von ihm zum Abendessen einladen und so saßen sie am Ufer des Sees, wo nicht weit von ihnen die Enten auf Essenreste warteten, die die Restaurantbesucher ihnen zuwarfen. Sie ließ ihn von sich erzählen, wobei sie beschloss, höchstens die Hälfte von dem zu glauben, was er ihr dabei wortreich auftischte.

An allem Schönen sei er interessiert, Gemälden, Skulpturen, Mineralien, was es auch sei, und nicht zuletzt seien es Menschen „wie Sie, Valery", die ihn so faszinierten, nicht nur durch ihre Schönheit, sondern die Art und Weise, wie sie diese „füllten".

„Ja, lächeln Sie ruhig über meine ungeschickte Ausdrucksweise, vielleicht sollte ich aber besser sagen, wie Sie, Valery, Schönheit verkörpern, mit Eleganz und Souveränität." „Lieber Beppe, Ihr Kompliment freut mich natürlich, aber reduzieren Sie doch bitte den Grad des Ausdrucks Ihrer Begeisterung. Sonst muss ich mich fragen, ob Sie es wirklich ernst meinen."

Einen Augenblick war Gentile irritiert, dann aber lachte er hell auf und brauchte eine Weile, bis er sich beruhigt hatte. „Verzeihen Sie, Valery, aber das hat mir noch keine Frau gesagt. Ich werde mich bemühen." Noch einmal musste er kurz auflachen, aber es gelang ihm in der Folge, den vorgegebenen Rahmen einzuhalten. Ms. White erfuhr, dass er als Kunsthändler tätig war, hin und wieder auch Ausstellungen organisierte und in vier Sprachen parlieren konnte. Leider sei er geschieden, die Ehe habe die häufigen Reisen nicht vertragen, aber immerhin eine wunderschöne Tochter hervorgebracht, die ihren Weg als Schauspielerin machen werde.

Als Ms. White sich vor dem Hotel von ihm verabschiedete, versuchte Gentile erst gar nicht, sie zu einem letzten Drink in die Hotelbar einzuladen. Aber sie ließ sich darauf ein, dass man sich am nächsten Tag zum Mittagessen bei „Luigi" treffen wolle.

***

Nach dem Frühstück trat sie wieder auf den Balkon, um den Blick auf den See zu genießen. Es war diese Stimmung des Vormittages, wo zwar schon Betriebsamkeit herrschte, aber noch etwas nachschwang aus der Nacht, das sie kaum zu benennen wusste. Im Winter und zuhause konnte es zwar geschehen, dass sie ein wenig in Melancholie verfiel, wobei sie sich selbst höchst unleidlich fand. Doch in solchen Momenten liebte sie George, der sie dann mit Geduld und feinem Humor umhegte - es gab kein besseres Wort dafür -, bis sie wieder auf der Höhe war.

Beim Gang durch die Innenstadt traf sie eine engere Auswahl der Geschäfte, die sie näher in Augenschein nehmen wollte. Sie hielt sich nie lange darin auf, aber verschaffte sich einen Überblick über das Angebot. Eine gewisse Mindestgröße der Räumlichkeiten war erfahrungsgemäß nötig, ein möglichst großer, vielleicht sogar mehrteiliger Raum von Vorteil, darüber hinaus möglichst viele Kunden, die zu beraten waren. So hatte sie sich bis zum Mittag einiges vorgenommen und kam mit ein wenig Verspätung bei „Luigi" an.

Sie sah ihn in Gedanken versunken dasitzen, so ruhig, wie sie es bei ihm nicht für möglich gehalten hätte. Zugleich erschien er älter, was ihn sympathischer machte.

Sie sah, wie er ein kleines Notizbuch hervorholte und etwas darin vermerkte. Noch besser, dachte sie, einer, der noch mit der Hand schreiben kann. Er musste einen siebten Sinn haben, denn plötzlich drehte er sich zur Seite und sah Ms. White, die langsam durch den Raum schritt. Er erhob sich und sogleich veränderten sich Haltung und Aussehen und mit dem Enthusiasmus des Vortages begrüßte er sie.

Als sie ihre Auswahl getroffen hatten, konnte Ms. White nicht anders, als ihren vorigen Eindruck zu schildern. Wieder ein Augenblick des Erstaunens. „Wenn ich nicht wüsste, dass Sie Engländerin sind, müsste ich Sie für eine Deutsche halten; Sie sind so überaus offen und direkt." Er sagte es in einer solch verbindlichen Weise, dass sie lächelte, ohne zu antworten. „Aber Sie haben recht, es macht mir etwas Sorgen. Doch sind sie nicht der Rede wert." Ms. White drang in ihn und so berichtete er ihr von einem finanziellen Engpass, der ihm gerade zu schaffen mache. Auf die Frage, um welchen Betrag es sich handle, wollte er wiederum nicht antworten. „Ich werde Ihnen sicher nicht anbieten, Ihnen etwas auszuleihen, Signor Gentile." Ms. White sagte es in einer entwaffnenden Freundlichkeit, die ihm durchaus ermöglichte, das Gesicht zu wahren. „Es liegt mir fern, an so etwas überhaupt zu denken, Ms. White." Es entging ihr nicht, dass eine leichte Röte sein Gesicht zierte. „Dann lassen Sie uns überlegen, was Ihnen vielleicht aus dieser misslichen Lage helfen könnte."

Sie sprach leichthin, als gehe es darum, einen Ersatz für einen verloren gegangenen Koffer aufzutreiben. „Ich nehme an, es ist eine nicht ganz unerhebliche Summe, fünftausend vielleicht?" Gentiles Gesichtsfarbe nahm eine Spur mehr Röte an als zuvor. Er atmete tief durch, um dann mit belegter Stimme zu antworten: „Damit wäre mir fürs erste durchaus gedient."

Ein feines Lächeln von Ms. White belohnte ihn für seine Offenheit. „Eine gewisse Vorbereitung wäre natürlich nötig, aber ich könnte mir vorstellen, dass Ihre ‚Unpässlichkeit' zu beheben ist. - Noch einen Espresso, bitte." „Gerne, Madame".

Der Kellner räumte die Teller weg und Ms. White schaute zu, wie Gentiles Gesicht wieder seine natürliche Färbung annahm. „Vielleicht sollte ich Ihnen zunächst noch ein wenig von mir berichten." „Das würde mich außerordentlich freuen, Ms. White." „Nun, Sie lagen vorhin gar nicht so falsch. Meine Mutter war Deutsche, die aber nach England heiratete. Sie war eine wunderbare Frau, wenn auch nicht unbedingt die beste Mutter. Jedenfalls brachte sie es fertig, trotz ihrer offenherzigen Art auch den distinguiertesten Engländer für sich einzunehmen, wie es auch mein Vater gewesen ist. Die atmosphärische Mischung, die sich daraus ergab, war durchaus eine besondere. Nun, die beiden starben bei einem Autounfall, wobei ich annehme, dass sie sich nicht über die Fahrtrichtung einigen konnten, denn das Auto prallte bei einer Weggabelung frontal an den Baum in der Mitte."

Gentile murmelte ein Wort des Bedauerns, das sie nicht beachtete. „Ich beschloss, selbst keine Kinder haben zu wollen, und mein Mann war damit einverstanden. Er schreibt jetzt, wo er in Pension ist, übrigens Kriminalromane. Gar nicht so schlechte, übrigens. Ich hätte ihm das gar nicht zugetraut. Aber so gut, dass er sie veröffentlichen könnte, sind sie nun auch nicht." „Gerade die englischen finde ich persönlich die spannendsten und herausforderndsten", nahm Gentile das Gesprächsthema auf. „In letzter Zeit las ich welche von einem gewissen Jonathan Black. Auf eine hintergründige Art sind sie sehr ironisch, witzig und, was den Plot betrifft, anspruchsvoll. Ich nehme an, dass der Name den wahren Autor verbirgt. Fragt sich nur warum."

Allmählich fand Gentile wieder zu seiner guten Laune. „Wollen wir vielleicht noch ein Glas Sekt trinken?" Ms. White lehnte dankend ab: „Bei dieser Wärme steigt er mir sogleich in den Kopf, danke." Sie erzählte noch ein wenig von ihrer Tätigkeit als Ärztin. „Anästhesistin, genauer gesagt."

Als der Ober das nächste Mal erschien, verlangte sie die Rechnung und bezahlte mit ihrer Kreditkarte. Gentile wand sich auf seinem Stuhl, so unangenehm war ihm die Situation. Wieder lächelte Ms. White so unnachahmlich freundlich, dass er das Gefühl haben konnte, es sei alles ganz selbstverständlich richtig so. „Beppe, ich schlage vor, wir treffen uns morgen Vormittag hier, sagen wir um zehn Uhr. Dann wollen wir besprechen, wie ihr kleines Problem aus der Welt zu schaffen ist. Vielleicht darf ich auch meinerseits auf Sie zählen, wenn ich Sie darum bitte?" „Gewiss, Ms. White, gewiss, Sie können sich absolut auf mich verlassen." „Das freut mich zu hören, Signor Gentile. Bis morgen also." Sie setzte ihren Sonnenhut auf, die Sonnenbrille und ließ ihn im Restaurant zurück.

Sie wusste selbst noch nicht, was sie unternehmen konnte, um Gentiles Problem zu lösen. Ganz spontan hatte sie agiert, aber dennoch hatte sie das Gefühl, das Richtige getan zu haben. Allerdings blieb ihr nicht sehr viel Zeit, um sich einen Plan zurechtzulegen. Vielleicht ließen sich zwei Fliegen mit einer Klappe erledigen. Es gab da nur noch etwas nachzuprüfen.

***

Auch diesmal war Gentile vor ihr da, aber sie wollte sich nicht setzen und so schlenderten sie gemeinsam durch den nahen gelegenen Park. Gentile erschien ihr etwas ernsthafter als am Vortag, während ihm Ms. White noch schöner und attraktiver zu sein schien. Sie trug einen weißen Sonnenhut, unter dem ihr schwarzes Haar vorzüglich zur Geltung kam, und ein ebenso strahlend weißes Sommerkleid mit kurzen Ärmeln. Dazu Slipper im Rot ihres Lippenstiftes. „Ich habe Ihnen doch von meinem Mann erzählt, dass er schreibt. Bisher hat er zwar noch nichts veröffentlicht, aber das spielt für ihn gar keine Rolle." Gentile wollte etwas fragen, aber sie wehrte ab und sprach weiter: „Was seine Plots und Einfälle betrifft, bin ich manchmal sogar überrascht, was er da zuwege bringt." Sie machte eine Pause, um Gentile Gelegenheit zu geben, seine Frage zu stellen, aber jetzt blieb er stumm. „Letzthin hatte er eine Idee, von der ich gerne wissen möchte, was Sie, Gentile, davon halten."

Sie waren bei einer Parkbank angelangt, wo sie sich niederließen. Ms. White trug eine Handtasche, die sie zwischen sich und Gentile platzierte. Gemeinsam blickten sie auf den See, hinter dessen jenseitigem Ufer die Berge graublau aufragten.

„Dann werden wir es wohl nicht dort hinaufschaffen," begann sie das Gespräch. „Aber es gibt ja auch andere Ziele im Leben." Sie blickte ihn auf eine seltsam unbestimmte Weise an und er hätte gerne eine kluge Erwiderung gemacht, wenn sie ihm nur eingefallen wäre. So aber blieb er stumm und versuchte, ihrem Blick standzuhalten. „Ach ja, ich wollte Ihnen ja von dieser Idee meines Mannes erzählen, die er in seinen Kriminalroman eingearbeitet hat. Es ist eigentlich nur eine ganz nebensächliche Episode, aber ich finde sie – wie soll ich sagen, reizvoll."

Gentile hatte etwas verloren aufs Wasser gestarrt, doch jetzt raffte er sich zu einer Antwort auf: „Wissen Sie, die meisten Krimis finde ich ja nicht besonders interessant. Mir kommt es mehr auf die Psychologie der Personen an und die ist oft nicht gut genug berücksichtigt bzw.

schlecht oder gar nicht beschrieben." Ms. White nickte: „Ja, da kann ich Ihnen nur zustimmen, denn auf dieser Ebene sind bei Mr. White auch keine herausragenden Fähigkeiten auszumachen. - Dennoch, die Szene ist folgende: Ein Paar kommt in einen Juwelierladen, interessiert sich für Broschen oder auch Ringe, ich weiß es nicht mehr genau, jedenfalls liegt schließlich ein ganzes Sortiment davon auf der Theke. Und während die Dame sich vor dem Spiegel eine Brosche probehalber ansteckt, tauscht der Herr eine der wertvollen Broschen vor ihm mit einem, allerdings minderwertigen, Duplikat aus. Um keinen vorzeitigen Verdacht zu erregen, kauft man eine Kleinigkeit und verlässt ruhig das Schmuckgeschäft."

Ms. White blickte wieder rätselhaft unbestimmt zu Gentile hinüber, der jetzt erst die kleinen Fältchen am Rande ihrer Augen entdeckte. „Wäre das nicht ein Weg, zu ihren fünftausend zu kommen, Signor", sie zögerte etwas, „Signor Coldano?"

Sie griff zu ihrer Handtasche und holte einen Ring hervor, eine kleine Perle in der Mitte, eingefasst durch mehrere dünne goldene Ringe, und streifte ihn über ihren linken Ringfinger. „Schaut er nicht wunderbar aus, er könnte alt und wertvoll sein."

Coldano hatte sich von seinem Schreck erholt und lächelte: „Ich hoffe, Sie verzeihen mir die kleine Mogelei. Möchten Sie nicht auch manchmal gerne jemand anderes sein?" Auch Ms. White lächelte, als sie antwortete: „Jemand anderes sein und einen falschen

Namen tragen ist nicht dasselbe." „Ich weiß zwar nicht, wie Sie das herausgefunden haben, aber das werden Sie mir sicher noch erzählen." Coldano lehnte sich entspannt zurück. „Und zugleich hoffe ich, dass unser Treffen nun nicht beendet ist." „Keinesfalls, Tomaso, ich glaube, wir könnten uns recht gut ergänzen. Aber jetzt sagen Sie mir bitte Ihre Meinung zu meiner Idee."

Er blickte sie überrascht an: „Sie meinen es ernst?" Sie lächelte nur und drehte den Ring an ihrem Finger. „Wenn ich nein sage?" „Wissen Sie, Coldano, ich bin niemand, der andere zu ihrem Glück zwingen mag, auch wenn ich vielleicht mehr über Sie weiß, als Sie vermuten. Allerdings würde ich mich freuen, wenn wir unsere Qualitäten in vielerlei Hinsicht zur Geltung bringen könnten."

Ms. White griff zu ihrer Handtasche und zog mit dem Stift ihre Lippen nach. „Überlegen Sie es sich. Ich schätze Ihre Qualitäten sehr hoch ein, Tomaso." Sie stand auf: „Ich würde mich freuen, wenn wir uns zum Abendessen sehen würden." Sie nickte ihm zu und es war deutlich, dass sie keine Begleitung wünschte.

***

Coldano schlief noch, als Ms. White erwachte. Nein, sie hatte sich nicht getäuscht in ihrer Einschätzung, er hatte alle Erwartungen erfüllt und sie fühlte sich um Jahre jünger. Jetzt lag er neben ihr und sie konnte in seinem Gesicht den kleinen Jungen erkennen, der er einmal gewesen sein musste: ein lustiger Bursche, nie um einen Streich verlegen, witzig und intelligent.

Vermutlich hatte er später die eine oder andere Tätigkeit ausgeführt, ohne es lange darin auszuhalten. Und dann hatte er auf sein Talent zurückgegriffen und Notwendigkeit und Vergnügen waren dadurch erfolgreich verbunden.

Sie stand auf und unterließ es, noch einmal seine Brieftasche zu durchsuchen. Während des Duschens überlegte sie, wie sie vorgehen wollte. Der Flug würde am folgenden Tag stattfinden, alles musste genau eingeteilt sein, ein wenig Glück durfte nicht fehlen. Als sie sich abtrocknete, hielt sie kurz inne; ja, sie traute Coldano einiges zu, aber sie durfte die Kontrolle nicht verliefen, dabei nicht.

Als sie an der Rezeption ihre Rechnung beglich, hatte Coldano längst - schon vor dem Frühstück - das Hotel verlassen. Beiläufig erwähnte sie, dass sie noch am selben Tag den Heimflug antreten würde. Danach fuhr sie zu einem der Hotels am Flughafen, wo sie ein Zimmer für eine Nacht buchte.

Sie trafen sich am Nachmittag in einem Straßencafé. Coldano holte den Ring aus einer Tasche seines Sakkos. „Du machst das nicht zum ersten Mal, oder?" „In dieser Weise schon, mein Lieber. Du weißt, das sichere Auftreten entscheidet." Sie gingen den Plan für den Nachmittag noch einmal durch.

„Noch etwas: Nehmen wir für das Abendessen ein Restaurant außerhalb der Stadt. Und wenn es dir Freude macht, können wir uns für danach noch etwas überlegen."

Sie hatte ihre Sonnenbrille abgenommen und blickte ihm entspannt in die Augen. Ihre Lippen sind heute etwas dezenter geschminkt, dachte Coldano und es schien ihm, als seien die Fältchen bei ihren Augen ein wenig kleiner geworden.

***

In aller Ruhe und ohne Eile verließen sie das Schmuckgeschäft. Nicht weit davon, an der nächsten Kreuzung trennten sie sich und Ms. White machte sich auf den Weg zum See. Sie bestieg das Schiff, um eine Ausflugsfahrt zu unternehmen. Mr. White würde sich mit einem Bericht darüber gewiss unterhalten lassen. Sie kaufte sich etwas zu trinken und setzte sich hinaus auf das Deck, von wo sie die Heckwellen des Schiffs beobachten konnte, die sich in der Weite beruhigten und in der Ebene des Sees ausliefen.

Coldano hatte sich geschickt angestellt, schien die Ruhe selbst gewesen zu sein. Als es um die Wahl des Ringes ging, hatte er genau den richtigen Ton getroffen, dass kein Zweifel daran aufkommen konnte, ob sie wirklich ein Paar seien. Sie hatte nicht die winzigste Unsicherheit bei ihm gespürt und fast hätte sie es versäumt, die kleine Aufregung zu genießen, die sich bei solch einer

Gelegenheit einzustellen pflegte.

Den Rest des Nachmittags verbrachte Ms. White unter dem Sonnenschirm eines Restaurants in …., wo sie sich zum Abendessen verabredet hatten. Coldano erschien pünktlich und bester Laune. „Wir hätten uns schon früher kennenlernen sollen, Valery. Wir sind ein perfektes Gespann." Er nahm ihre Hand und küsste die Fingerspitzen. „Tomaso, wir sind hier nicht in Österreich und ich lasse mich nirgends einspannen." Sie war fast ein wenig unwillig geworden, so dass er sich prompt entschuldigte. „Es war mir geradezu ein Vergnügen, deinen geliebten Ehemann darzustellen, sei mir nicht böse!" Ms. White musste an George denken, der, hätte er diese Szene beobachtet, sich nur indigniert abgewendet hätte. „Dann freut es mich, denn für morgen haben wir noch etwas vor."

Während des Essens erläuterte sie ihm ihren Plan, wobei er einen wesentlichen Änderungsvorschlag einbrachte, den sie ohne Zögern annahm. Den Weg nach Genf legten sie mit der Bahn zurück und ließen sich dann zum Flughafenhotel fahren. Später erkundigte sich Coldano nach den neuesten Methoden der Anästhesie. „Ich hoffe, du benutzt deine neuen Kenntnisse nicht für finstre Machenschaften, Signor Caldone." „Ach nein, einfache Schlaftabletten tun es für meine Zwecke auch, Valery."

***

Während er schon im Morgengrauen das Hotel verließ, schaute Ms. White vom Bett aus hinaus und sah zu, wie sich der Dunst über dem See allmählich lichtete und sich im Blau des Himmels verlor. Nach dem Frühstück packte sie sorgfältig ihren Koffer und hinterließ das Zimmer so, als sei es nie benutzt worden. Das Gepäck verstaute sie in einem Schließfach im Flughafen und fuhr dann mit dem Zug ins Stadtzentrum.

Sie trafen sich in einem kleinen Park in der Nähe des Messegeländes. Coldano war bestens aufgelegt. „Wann soll es losgehen?" „Kurz nach drei heute Nachmittag. Wir haben noch Zeit. Du bist vorbereitet?" „Dann können wir ja noch Souvenirs kaufen oder eine Ansichtskarte für deinen Mann."

Coldano lachte und setzte sich zu ihr auf die Parkbank. Sie hatten freie Sicht auf den See, wo sich die Segel der Boote im leichten Wind blähten. „Warum machst du solche Sachen? Du hast es doch nicht nötig, oder?" Sie sah ihn an: „Die gleiche Frage könnte ich dir stellen, Tomaso." Er schmunzelte. „Die eine oder andere der Damen hätte ich mir wirklich vorstellen können. Aber für wie lange?" Er überlegte kurz. „Wie lange ist es eigentlich bei dir schon?" „Oh, es sollten gut zwanzig Jahre sein mittlerweile." „Und er sitzt jetzt zuhause und schreibt seinen Krimi." „Ja, er hat seine Abenteuer im Kopf."

„Aber du führst sie aus, nicht wahr." Coldano lächelte. „Nur verstehe ich nicht ganz warum, denn ungefährlich ist die Sache ja nicht. Du könntest im Gefängnis landen, die Ehe würde daran zerbrechen." „Du sprichst aus eigener Erfahrung, nicht wahr?"

Coldano zuckte nur mit den Achseln und schaute in eine unbestimmte Ferne. Er hatte wieder den Ring aus der Tasche geholt, den sie mit dem Duplikat erschwindelt hatten. „Hast du wirklich eine Tochter?"

Er schwieg eine ganze Weile, bevor er ansetzte: „Ich glaube, ich wäre nicht hier, wenn wir sie nicht verloren hätten. Es war ein Unfall. Sie war gerade drei Jahre alt, ungeheuer unternehmungslustig. Wir waren wandern, zu dritt, sie lief voraus, während ...", Coldano schluckte, „während meine Frau und ich uns stritten wegen irgendeiner Nichtigkeit. Und dann hörten wir einen Schrei und Luisa war weg. Es war still, totenstill. Wir fanden sie am Weg, der etwas abschüssig geworden war. Sie muss ins Rennen gekommen sein, gestolpert und so unglücklich gefallen sein, dass sie nun reglos dalag und blutete. Es dauerte ewig, bis sie abgeholt wurde. Und dann starb sie auf dem Weg ins Hospital."

Noch immer drehte er den Ring in seiner Hand. „Wie lange ist das nun her?" Er atmete tief ein und aus. „Fünfzehn Jahre und einen Monat. Wir haben uns bald darauf getrennt. Ich habe getrunken, gespielt, gestohlen, landete im Gefängnis für eine Weile." Wieder schwieg er, aber sie wartete einfach ab, bis er weitersprach. „Danach arbeitete ich als Kellner, als Barkeeper, als Taxifahrer und dann ...". „Erzähl weiter, es interessiert mich." „Es war spätabends, ich wartete im

Taxi auf Kundschaft, als ich plötzlich Schreie hörte, offenbar eine Frau. Ich stieg aus, lief los und dann sehe ich einen Kerl, der auf eine Frau losdrischt. Bevor ich hinkomme, hat er ihr die Handtasche entrissen und läuft davon. Sie liegt da, blutend, aber schimpft ihm noch hinterher.

Als ich ihr aufstehen helfe, sehe ich, dass sie sehr gut gekleidet ist. 'Kann ich Sie ins Krankenhaus fahren?', frage ich. Sie blutet aus der Nase und der Lippe. 'Fahren Sie mich nach Hause!', sagt sie, nimmt ihre Stöckelschuhe in die Hand und geht los, in die falsche Richtung. Ich nehme sie am Arm, zum Glück, denn zwischendrin fällt sie mir fast hin. Als wir bei ihrem Haus ankommen, sehe ich, dass es eine Villa ist. An der Tür kommt ihr eine Bedienstete entgegen. Beide lassen mich einfach stehen, ich warte noch eine Weile, dann gehe ich wieder.

Zwei Tage später, ich stehe am Taxistand, kommt sie, steigt ein. Sie hat noch eine dicke Lippe, ist nicht mehr die jüngste, aber sie hat Stil. Sie hatte sich das Autokennzeichen gemerkt und mich so gefunden. Als wir über den Überfall sprechen, frage ich sie, wieso sie nicht einfach die Tasche losgelassen hat. Was sagt sie? 'Es ging mir nicht um das Geld, es ging mir ums Prinzip. Ich habe mir mein Geld selbst verdient, nicht geerbt, nicht von einem Mann bekommen. Das lasse ich mir nicht so einfach wegnehmen!'

Sie war richtig empört, echauffiert sollte ich es wohl nennen. Ich konnte nichts anderes als zu lachen, was sie noch mehr verärgerte. Sie ließ sich zu ihrer Firma fahren, ein Zeitschriftenverlag, wo sie Herausgeberin war. Ach so, ja, sie gab mir fünfhundert Euro zum Dank.

Und ein paar Tage später hatte ich sie wieder im Wagen sitzen, es war später Nachmittag. Sie fragte mich, wann mein Dienst zu Ende sei. - Nun gut, eine lange Geschichte, jedenfalls trafen wir uns regelmäßig, auch bei ihr zuhause."

Coldano schüttelte kurz seinen Kopf. „Es war natürlich eine unmögliche Beziehung, aber ihr war das egal. Sie hatte ihren Mann ein paar Jahre zuvor verloren, aber sie meinte, das Leben sei für sie noch lange nicht zu Ende." Er lachte leise. „Sie war dominant, herrisch vielleicht sogar, aber andererseits sehr offen und einfühlsam für andere, wenn … ja, wenn sie meinte, dass sie es verdienten, Mitgefühl zu bekommen. Jeder musste seinen Job perfekt machen, da war sie äußerst professionell. Aber sie konnte eben auch ziemlich unkonventionell sein, wenn es ihr Spaß machte. Kam mit verrückter Kleidung ins Büro, wir machten Touren durch die Kneipen und so. Man kannte das schon bei ihr. Für die Leute war ich ihr Bodyguard, was allen einleuchtete nach diesem Überfall. Während dieser Zeit habe ich eine Menge gelernt von ihr."

Wieder verstummte er und Ms. White sah, dass er ins Nachsinnen geraten war. „Und das Ende der

Geschichte?" „Ja, klar, das Ende. Das Hausmädchen fand sie eines Morgens tot in ihrem Schlafzimmer, Geld und Schmuck fehlten, die Polizei holte mich prompt ab. Es dauerte, bis bewiesen war, dass ich es nicht gewesen sein konnte. Aber mein Bild war überall in den Zeitungen gewesen und dann sah ich keine Chance mehr, in Italien bleiben zu können. Die Fortsetzung der Geschichte kennst du ja."

Ms. White fuhr fort: „Du hast dich auf deine Stärken besonnen und wusstest, dass du bei Frauen gut ankommst." Er lächelte müde: „Ja, so ähnlich könnte man es ausdrücken." Während er den Ring wieder in die Sakkotasche steckte, sagte sie: „Ich erinnere mich an sie, denn ich lese die Modezeitschrift, die sie herausgab. Deshalb habe ich damals auch die ganze Geschichte genau verfolgt, es war dein Foto auch in einer englischen Tageszeitung. Es muss etwa zwei Jahre her sein, nicht wahr?"

Draußen auf dem See schien der Wind stärker geworden zu sein, denn die Boote beschleunigten ihre Fahrt. Am Ufer war davon nichts zu spüren. „Vielleicht zieht noch ein Gewitter auf, was meinst du?" Ms. White schaute nach Südwesten, wo sich hinter den Bergen graue Wolken zeigten. „Ich mache dir einen Vorschlag: Besuchen wir das Ariana Museum mit seinen wunderbaren Glas- und Keramik-Ausstellungsstücken. Schon das Gebäude selbst ist sehenswert." Sie ließ sich überzeugen und so fuhren sie mit dem Taxi hin.

Während sie durch die Ausstellungsräume schlenderten, meinte Coldano: „Wenn du willst, nehme ich gerne eine schöne Keramik für dich mit. Was hättest du denn gerne?" „Das traust du dir zu?" „Nun ja, wir müssten dann allerdings schnellstens aus der Stadt verschwinden. Aber du hast ja andere Pläne."

Coldano kaufte im Museumsshop eine kleine Vase, die er Ms. White schenkte. „Ein richtiges Souvenir, das du deinem Mann zeigen kannst." „Dafür hat dein Geld also gereicht?" „Ich habe nie behauptet, dass ich pleite bin." Sie nickte: „Ja, das hast du in der Tat nicht. Aber der Eindruck entstand." „Womit du mein Berufsgeheimnis gelüftet hast."

Es blieb noch Zeit für eine kleine Mittagsmahlzeit, bevor sie sich auf den Weg zur Messehalle machten, wie es Coldano vorgeschlagen hatte. Sie hatte der Änderung ihres Planes zugestimmt, da sie nun zu zweit waren. In der Halle kamen sie im Gedränge der Menschen nur langsam voran. Coldano schaute sich aufmerksam um. „Ich glaube, du musst mir Deckung geben, sie haben Kameras installiert." Sie wanderten an den Ständen vorbei, schauten sich das eine oder andere Stück an. Was ihr am meisten gefiel, war ein bläulichroter Turmalin in der Größe einer Handspanne. Es war ein besonders schönes Stück, sie hätte ihn ohne Schwierigkeiten käuflich erwerben können.

„Warum kaufst du ihn nicht?", fragte Coldano beim Weitergehen." „Warum heiratest du nicht?" „Und warum darf ich dir den Gefallen tun, ihn zu 'entführen'?" Ms. White küsste ihn zart auf die Wange, ohne stehen zu bleiben. „Habe ich dir nicht zu dem Ring verholfen, hast du das schon vergessen?" „Ja, es war mir tatsächlich entfallen, meine Liebe." Sie kehrten zum Stand der Turmaline zurück und während Ms. White den Aussteller in ein Gespräch verwickelte, war es für Coldano ein Leichtes, sich mit dem Stein zu entfernen. Und dann, aus einer plötzlichen Eingebung heraus, erstand sie einen anderen Turmalin, kleiner zwar, aber nicht minder schön.

Sie trafen sich etwas später wieder im Park. Es war nicht mehr allzu viel Zeit bis zum Abflug. Coldano überreichte ihr den Turmalin, den sie sorgsam in ein Seidentuch wickelte und in ihre Tasche steckte. „Ich nehme nicht an, dass wir uns noch einmal sehen werden." Sie gingen langsam zum Taxistand hinüber. „Es sei denn, du begleitest einmal eine liebesdurstige Dame nach England. Wenn es dir bei uns nicht zu kalt und feucht ist." „Ich glaube, ich behalte dich lieber als einzigartig in meiner Erinnerung." Ms. White schmunzelte: „Ein Romantiker also."

Bevor sie einstieg, holte sie den kleinen Turmalin aus der Tasche. „Ich hoffe, er bringt dir Glück." Coldano schaute sie erstaunt an. „Dafür hast du ihn gestohlen?" „Gekauft, Tomaso; es hätte ja sein können, dass du nicht auf mich wartest. Und ohne Stein hätte ich mich zu-hause nicht blicken lassen können."

***

Für den Turmalin, der auch Mr. White durchaus gefiel, fand sich noch ein Platz im Mineralienschrank. Sie berichtete von ihren Wanderungen, von der Stadt, vom Ausflug auf dem See, von der Keramikausstellung. „Vielleicht möchtest du doch einmal bei so einer Wanderung mitmachen?" Sie saßen im Garten und hatten ein Mittagessen zu sich genommen. „Ach, weißt du, Valery, ich müsste mir alles Nötige dafür erst anschaffen, für ein Mal lohnt sich das wirklich nicht." Er stand auf und trat hinter sie: „Obwohl, vielleicht kann man sich ja alles ausleihen; das machst du doch offenbar auch, Wanderschuhe und so."

Er küsste leichthin ihr Haar und kehrte zu seinem Platz ihr gegenüber zurück. Sie sahen sich an und dann begann zuerst Ms. White, dann ihr Gatte zu lachen. „Du musst wohl morgen wieder zum Dienst. Aber heute Nachmittag möchte ich dir noch etwas zeigen."

Sie fuhren mit dem Wagen zur Innenstadt und gingen Hand in Hand an den Auslagen der Geschäfte vorüber. „Diesmal hast du dir weder Schuhe noch ein Kleid, Hosen oder einen Rock gekauft. Du wirst sehr beschäftigt gewesen sein." Ms. White spitzte die Lippen, aber erwiderte nichts. Er hatte sie von der Seite angeschaut und nickte nur. „Ach ja, ich wollte ja noch nach Neuerscheinungen sehen. Kommst du kurz mit?" Sie betraten den Buchladen und während er sich den

Regalen zuwandte, schaute sie sich Modezeitschriften an.

„Was meinst du, könnte dir das auch gefallen?" Es musste ein Kriminalroman sein, den er ihr hinhielt. Unter dem Autorennamen Jonathan Black war eine Glasvitrine mit Mineralien abgebildet, passend zum Titel 'Kristall'. Ms. White brauchte einen Moment, bis sie verstanden und einen weiteren, bis sie sich gefasst hatte. „In Genf traf ich jemanden, der mir gerade diesen Autor wärmstens empfohlen hat. Ich könnte mir vorstellen, dass mir das Buch gefällt." „Oh, das würde mir die größte Freude bereiten, meine Liebe." Und dann setzte Mr. White noch hinzu: „Ich sollte dich doch einmal auf einer deiner Wanderungen begleiten. Vielleicht finde ich ja wie du auch einen schönen Stein."